# Catalina

## Das Bündnis

## der Liebe

FSC
www.fsc.org
MIX
Papier aus ver-
antwortungsvollen
Quellen
Paper from
responsible sources
FSC® C105338

**Impressum**

Alle Rechte am Werk liegen beim Autor
J., Jaliah
Catalina 3
Das Bündnis der Liebe
Berlin, April 2019
Erstauflage
Lektorat: Günter Bast, Theresa Wahl
Cover/Bildgestaltung: Wolkenart – Marie-Katharina Wölk

© 2019
Herstellung und Verlag: BoD – Books on Demand, Norderstedt.
ISBN 978-3-7494-4690-2

www.jaliahj.de

Erlebt mit mir

die ungewöhnliche Geschichte

einer starken Frau

# Kapitel 1

»Hier seid ihr, wir haben euch schon die ganze Zeit gesucht.«

Catalina dreht sich nur eine Sekunde um, als plötzlich Milo und Elias hinter ihnen auftauchen. Milos dunkle Augen strahlen sie an und seine Hände legen sich an ihre Hüfte, als sie sich wieder dem Geschehen zuwendet, das Natia neben ihr gespannt durch den Lüftungsschacht verfolgt.

Sie stehen schon seit zehn Minuten hier in den versteckten Gängen im Haus ihres Vaters, von denen nur ganz wenige wissen, und verfolgen heimlich das Gespräch zwischen ihrem Vater und einem neuen Geschäftskunden.

Sie dürfen nicht in diese geheimen Gänge, die gebaut wurden für den Fall, dass ihre Familia einmal fliehen muss, doch Natia und sie sind zu neugierig.

»Euer Vater rastet aus, wenn er euch hier erwischt.« Elias stellt sich zwischen Natia und Catalina und sieht auch durch das Gitter, direkt in das Büro ihres Vaters.

Sie flüstern, die Männer im Büro jedoch nicht und deswegen hören sie jedes einzelne Wort. Seit einer ganzen Weile geht es schon um den Gewinn bei den neuen Geschäften und wie dieser aufgeteilt wird, und ihr Vater feilscht wie auf einem Basar um jedes Prozent, der Geschäftspartner wirkt mittlerweile richtig genervt.

Catalina wird immer nervöser, sie hat keine Ahnung von den Geschäften ihres Vaters, doch genau dieses hier muss einfach klappen.

»Papa hat uns versprochen, dass wir ein neues Pferd bekommen, wenn dieses Geschäft stattfindet. Die letzten Male haben immer nur Ana und Anabel etwas bekommen, dieses Mal sind wir dran.«

Milo rückt noch näher zu Catalina, seine Lippen streifen ihre Wange, doch auch er sieht genauer hin, was da im Büro vor sich geht. »Eines Tages werde ich genauso gut Geschäfte abschließen, wie euer Vater es tut. Seht ihr, wie ruhig er ist? Er macht den anderen Mann ganz nervös mit seiner ruhigen Art.«

Natia hat die gleichen Gedanken wie Catalina. »Es wirkt eher so, als wäre ihm das Geschäft egal und ich befürchte, der andere Mann geht gleich wieder.«

Milo lacht leise auf. »Ihr habt keine Ahnung von Geschäften, seht zu und lernt!« In diesem Moment seufzt der Geschäftspartner genervt auf und Catalinas Hoffnungen schwinden ganz, doch dann streckt er ihrem Vater die Hand entgegen und der schlägt ein.

Catalina und Natia jauchzen laut auf, so laut, dass ihr Vater sauer zu dem Lüftungsschacht blickt, doch sie sind schon dabei, hinauszulaufen. Milo und Elias folgen ihnen und als sie im Wohnzimmer hinter dem Kamin aus der versteckten Tür kommen, legt Milo den Arm um Natia und sie.

»Ich würde sagen, das ist ein Grund zu feiern. Ich besorge Getränke, ihr plündert die Küche eurer Mutter und wir treffen uns in einer halben Stunde auf dem Berg.«

Er drückt beiden einen Kuss auf die Wange und Elias zwinkert ihnen zu, bevor die Jungs einen anderen Weg einschlagen, während Catalina und Natia zu ihrer Mutter ins Haus rennen.

In diesem Augenblick hätte sie sich niemals vorstellen können, dass irgendetwas das alles zerstören wird.

Niemals!

Catalina bleibt noch eine Weile im Bett liegen, die ganze Zeit das Bild vor Augen, wie Elias ihr zuzwinkert.

Milo und er waren gute Freunde, sie fragt sich, ob er Elias das selbst angetan hat, oder ob er das jemand anderen hat machen lassen. Sie kann es sich kaum vorstellen, jeder hat Elias geliebt, haben die Männer wirklich bereits solche Angst vor Milo, dass er das durchsetzen konnte? War es ein Hinterhalt? Wie konnte Natia das zulassen?

Sie weiß nicht, ob sie jemals Antworten darauf bekommen wird, doch sie weiß, dass sie handeln muss.

Am liebsten würde sie einfach weiter im Bett liegen bleiben und vor sich hin leiden, doch das bringt nichts.

Catalina steht auf und geht direkt in die Dusche. Es ist komisch, ohne Santiago aufzuwachen, sie hat sich sehr schnell daran gewöhnt, ihn ständig um sich zu haben, an das Gefühl, was sein Anblick in ihr auslöst, man gewöhnt sich an die schönen Sachen wahrscheinlich am allerschnellsten.

Sie hat vor zwei Tagen das Paket bekommen, in dem sie Elias' Kopf gefunden haben. Gestern ist sie hier bei ihrer Mutter und Franco angekommen. Sie wollte sofort zu ihrer Mutter, um das mit ihr zusammen durchzustehen. Santiago hat sie hergebracht, doch er hat ein wichtiges Treffen und musste noch einmal zurückfliegen, er weiß ja, dass sie hier genauso sicher wie in Puerto Rico ist.

Catalina trauert um ihren besten Freund, der eher wie ein Bruder für sie war.

Santiago ist und war für sie da, er hat sie gehalten und ihr Trost gespendet, doch Catalina weiß, dass er hinter alldem noch mehr sieht als sie es in ihrer Trauer überhaupt könnte und auch, dass ihre Worte ihn beunruhigt haben. Sie haben noch nicht darüber gesprochen, weil Catalina von Minute zu Minute, je mehr sie begriffen hat, dass sie nicht träumt und Elias das wirklich angetan wurde, weniger in der Lage war, zu sprechen oder klar zu denken.

Erst jetzt, hier in der Ruhe und nachdem sie zusammen mit ihrer Mutter um Elias trauern kann, kommt sie so weit zur Ruhe, dass sie weiter denken kann.

Die warmen Strahlen der Dusche können das klamme Gefühl, das sich über Catalinas Körper gelegt hat, nicht beseitigen, doch sie fühlt sich trotzdem ein wenig besser als sie sich danach nur in einer Shorts und mit einem Shirt bekleidet auf den Weg zum Wohnbereich macht.

Dort trifft sie Franco mit zweien seiner Männer am Tisch an, die über ein Laptop gebeugt stehen und sich etwas ansehen. Als Catalina eintritt, schließen sie ihn und ihr Patenonkel lächelt sie an.

»Konntest du wenigstens schlafen?« Sie begrüßt ihn mit einem Kuss auf die Wange. »Ich bin immer wieder wach geworden, doch ich denke, mein Körper hat diesen Schlaf zu sehr gebraucht. Was ist mit Mama?«

Er nickt in die Richtung ihres Schlafzimmers. »Sie sitzt seit gestern Abend auf der Terrasse. Sie hat nicht geschlafen, wenigstens trinkt sie jetzt einen Kaffee.«

Sie nimmt sich ebenfalls eine Tasse von dem Tablett, das auf dem Tisch steht und geht zu ihrer Mutter ins Schlafzimmer.

Sie weiß nicht, ob Franco und sie sich mittlerweile näher gekommen sind, doch zumindest schlafen sie noch in getrennten Bereichen und sie kann sich gut vorstellen, dass Franco, der so respektvoll zu ihrer Mutter ist, sich gar nicht traut, richtig auf ihre Mutter zuzugehen. Es wäre niedlich, die beiden zu beobachten, wenn ihr Besuch hier nicht solch einen ernsten Hintergrund hätte.

Leise tritt sie durch das liebevoll eingerichtete Gästezimmer, was schon den vertrauten Duft ihrer Mutter nach Yasmin angenommen hat. Sie sitzt am Geländer der Terrasse, von der man genau wie auch bei Catalina einen atemberaubenden Ausblick auf die grünen Felder und Felsen unter ihnen hat.

Ihre Mutter sitzt, in eine leichte Decke gehüllt, auf einem gemütlichen Loungesessel. Catalina zieht sich auch einen neben sie und setzt sich dazu, zieht ihre Beine an sich und lässt erst einmal den Anblick auf sich wirken, bevor sie tief einatmet und zu ihrer Mutter blickt, die im selben Moment ansetzt, etwas zu sagen.

»Die Ehe mit deinem Vater war eine Berg- und Talfahrt. Wir waren so glücklich und er hat mich gleichzeitig immer wieder sehr verletzt. Er war ein Mann mit zwei Gesichtern, wie du weißt, und ich denke, dass er selbst unglücklich darüber war, was er tun musste oder was er zumindest dachte, zum Wohle der Familia tun zu müssen. Besonders die letzten Jahre und vor allem die letzten Monate dachte ich, dass mich nichts mehr schockieren oder überraschen kann, nichts was in Kolumbien passiert, doch das … egal wie schlimm ich es mir vorgestellt habe, das hätte ich niemals erwartet.«

Ihre Stimme zittert. »Dein Vater war schlimm, er war hart, doch er hatte noch ein Herz und die Leute haben ihn trotzdem geliebt. Nun herrscht der Teufel in Kolumbien und zerstört alles, was noch übrig ist und dabei steht meine eigene Tochter neben ihm und hält seine Hand.«

Catalina nimmt einen Schluck und hofft, dass der Kaffee ihr ein wenig die Übelkeit nehmen kann. »Du weißt nicht, was zur Zeit mit Natia ist und wie sie über all das denkt.« Sie wünschte, sie könnte ihre Schwester kontaktieren, doch Santiago und Franco haben ganz klar gesagt, dass sie das sein lassen sollen und dass es das ist, was Milo unter anderem mit all seinen grausamen Taten bezwecken will. Er will sie und ihre Mutter um jeden Preis zurück in Kolumbien haben.

»Catalina, ich liebe meine Töchter beide über alles und ich weiß, wie sehr du an Natia hängst, doch ich bezweifle, dass dort an Milos Seite noch die Natia ist, die wir beide so lieben. Ich habe es schon einmal miterlebt, wie aus dem Menschen, den man über alles liebt, ein Mensch wird, dem man kaum ins Gesicht sehen kann und genau dasselbe passiert gerade mit Natia.«

Ohne den Blick von ihrer Mutter zu wenden, schüttelt sie nur leicht den Kopf. »Ich weigere mich, das zu glauben.« Ihre Mutter sieht weiter auf das Grün und nimmt einen Schluck aus ihrer Tasse. »Franco hat sich um Elias … gekümmert. Er wird hier sicher verwahrt, bis wir ihn in Kolumbien beerdigen können.«

Nun sieht ihre Mutter doch zu ihr. »Wie soll das funktionieren? Wie willst du ihn nach Kolumbien bekommen, Catalina? Keiner von uns wird jemals wieder einen Fuß in das Land setzen können!«

Ihre Mutter und Catalina trauern um Elias, um alles was passiert ist. Als Santiago gegangen ist, um seinen Termin wahrzunehmen, und ihre Mutter sich in ihr Zimmer zum Duschen zurückgezogen hat, hat sie mit Franco über ihr Vorhaben gesprochen, oder sie hat ihm mitgeteilt, dass sie all das nicht auf sich beruhen lassen wird. Vor ihrer Mutter hat sie noch nichts erwähnt.

»Weißt du noch, als Elias hier war, worum er und die anderen Männer mich gebeten haben? Dass ich auf mein Recht bestehe und an Papas Stelle die Delgardos anführe oder zumindest diese Position so besetze, wie ich es für richtig halte?« Franco kommt zu ihnen und lehnt sich neben sie an das Geländer, sodass er sie ansehen kann.

12

»Das ist doch nicht dein Ernst, Catalina? Du willst dich mit Milo anlegen? Nachdem du gerade Elias' Kopf geschickt bekommen hast? Das werde ich niemals zulassen.« Sie wusste, dass ihre Mutter so reagieren wird.

Catalina sieht einen Moment zu Franco, der zu ihrer Mutter blickt; er hat ihr gesagt, dass weder ihre Mutter noch Santiago das zulassen werden.

»Genau deswegen, Mama. Willst du wirklich, dass Kolumbien von Milo zerstört wird? Dass er weiter tun und lassen kann, was er möchte? Dass er so auf Papas Grab herumtrampelt? Auf alles, was Papa über die Jahre aufgebaut hat? Ich bin die Einzige, die die Berechtigung hat, ihm die Stirn zu bieten, und ich werde nicht zulassen, dass alle Männer, mit denen ich aufgewachsen bin und die bereit sind, für die Delgardos zu sterben, jetzt unter Milo leiden müssen.«

Franco räuspert sich. »Aber das weiß Milo auch, er weiß, dass wenn ihm jemand gefährlich werden kann, das nur du und dein Mann sein können. Er legt es darauf an, einen Krieg zu provozieren. Wusstest du, dass seine Männer schon zweimal versucht haben, auf puertoricanischen Boden zu gelangen? Es wird momentan alles noch mehr bewacht als sonst schon, auch hier bei uns. Santiago befürchtet, dass sie an dich heranwollen. Ich schätze einfach, Milo will Santiago provozieren.«

Davon wusste sie nichts. Wahrscheinlich will Santiago sie nicht noch mehr belasten. »Um ehrlich zu sein, ist es mir völlig egal, was Milo bezwecken will oder nicht. Ich muss handeln, ich weiß noch nicht genau wie, doch ich werde schon so vorsichtig wie möglich vorgehen.«

Ihre Mutter schüttelt wieder den Kopf, doch Franco verschränkt die Arme vor der Brust. »Im Grunde hat Santiago die Macht, Milo und alles andere zu zerstören; wenn sie jemand hat, dann er, und er hat dabei mich und einige andere an seiner Seite ...«

Catalina unterbricht ihn.

»Genau das möchte ich verhindern. Ich will die Familia nicht zerstören, sondern retten. Ich möchte Santiago nicht dazu bringen, gegen meine Familia zu kämpfen. Ich bin mir sicher, dass viele der Männer unten nur tun, was Milo sagt, um zu überleben. Vielleicht ist das mittlerweile auch bei Natia so; keiner von uns weiß doch genau, was in Kolumbien vor sich geht, doch wenn Santiagos Männer vor ihnen stehen, werden sie kämpfen. Und ich weiß, wie mächtig die Rojos sind, ich weiß, dass das das Ende der Delgardos sein wird und das möchte ich verhindern.«

Ihre Mutter spricht ein leises Gebet und bekreuzigt sich. »Alvaro, ... wenn du sehen könntest, was du uns allen hier antust. Wieso hast du nicht einmal deinen Verstand eingeschaltet?«

Franco sieht noch immer zu Catalina. »Ich weiß nicht, ob das funktionieren kann.«

Sie erwidert seinen Blick. »Es muss funktionieren, wir haben gar keine andere Wahl!«

Ihr Handy klingelt und sie zieht es aus der Hosentasche ihrer beigen Shorts. Als Catalina den Namen ihres Mannes liest, muss sie lächeln, auch wenn ihr Herz noch so schwer ist. Sie steht auf und sieht noch einmal zu Franco und ihrer Mutter.

»Und egal, was wir hier planen oder besprechen, vorerst soll Santiago nichts davon erfahren, nicht solange ich nicht genau weiß, was ich machen möchte.« Sie geht einige Schritte weg und nimmt das Gespräch an.

»Guten Morgen.«

14

Bei Santiago ist es laut, er scheint unterwegs zu sein. »Guten Morgen, wie geht es dir?«

Catalina sieht in das Schlafzimmer ihrer Mutter. »Besser, Franco und meine Mutter … es tut gut, meine Familie um mich herum zu haben. Zumindest das, was davon noch übrig ist.«

Es wird sogar noch lauter bei Santiago. »Das ist gut. Ich muss zu einem wichtigen Termin nach Chile, ich versuche, von da direkt zu dir zu kommen, es kann aber zwei Tage dauern, Engel. Es tut mir leid, dass ich jetzt nicht bei dir sein kann.«

Catalina lächelt. »Du warst die ganze Zeit da und auch jetzt fühlt es sich nicht anders an, mach dir keine Gedanken. Ich bleibe solange hier bei meiner Mutter.«

Es wird leiser. Santiago ist einen Moment ruhig, bevor er sich mit ernster Stimme wieder meldet. »Du würdest es mir doch sagen, wenn etwas nicht in Ordnung ist, oder?«

Catalina sieht sich selbst im Spiegelbild der Terrassentür.

Ihr Leben hat sich geändert, von Grund auf. Sie wurde von ihrem eigenen Vater ins Feuer gestoßen und doch ist sie lebend wieder herausgekommen und hat dabei auch noch den Mann getroffen, den sie über alles liebt.

Sie mag ihr neues Leben und sie ist glücklich mit Santiago, doch trotz allem, trotz dem, was ihr Vater getan hat, ist sie Catalina Delgardo.

Durch die Hochzeit mit Santiago ist sie zu einer der mächtigsten Frauen Lateinamerikas geworden und als erstgeborene Tochter von Alvaro Delgardo und Frau von Santiago Rojo hat sie als Einzige die Macht, den Wahnsinn in Kolumbien zu beenden.

Sie möchte ihr neues Leben nicht aufs Spiel setzen, sie möchte nichts hinter dem Rücken ihres Ehemannes planen oder Geheimnisse vor ihm haben müssen, aber sie kann auch nicht mit dem Gewissen leben, nichts getan zu haben, wo doch nur sie etwas tun könnte.

Das erste Mal spürt sie diesen Konflikt, den ihr Vater ständig gesehen hat, zwischen der Liebe und der Familia. Sie hat ihren Vater nie verstanden, hat ihm sein Verhalten immer vorgeworfen, doch in diesem Moment begreift sie das erste Mal wirklich, was all das für ihn bedeutet haben muss.

Wie er sich gefühlt hat, mit diesem Druck auf sich. Der Liebe zu seiner Familie und der Verantwortung für die Familia. Doch Catalina wird diesen Fehler nicht begehen, es kann beides gehen, es muss beides gehen. Sie wird alles dafür tun, dass sie es besser hinbekommt.

»Natürlich, du fehlst mir.« Sie lächelt und hofft, dass er all ihre Sorgen nicht bemerkt.

»Du mir auch, ich bin bald wieder bei dir, pass solange auf dich auf.«

16

# Kapitel 2

Den restlichen Tag verbringt Catalina damit, darüber nachzugrübeln, wie sie ihren Plan am besten umsetzen kann.

Ihre Mutter versucht noch einige Male, ihr all das auszureden, deswegen lässt Catalina vor ihr irgendwann das Thema ganz sein und lenkt sie mit anderen Dingen ab. Sie wird es erst einmal vor ihrer Mutter und Santiago geheim halten müssen. Sie ist unruhig. Eine ungewöhnliche innere Unruhe breitet sich in ihr aus. Sie weiß, dass sie etwas tun muss, doch noch nicht wie und wann, und das lässt sie kaum stillsitzen.

Zum Abend wird es immer schlimmer, sie telefoniert mit Santiago, der ihr Bilder aus seinem Hotel schickt, in dem er einige Tage bleiben wird, da sich das Geschäft und das Problem doch komplizierter gestaltet als gedacht.

In dieser Nacht kann Catalina nicht schlafen. Sie muss Kolumbien und ihrer Familia helfen, doch sie möchte weder sich noch jemand anderen dabei in Gefahr bringen. Sie weiß, dass sie das nur schaffen kann, wenn sie ganz vorsichtig vorgeht.

Es ist bereits früh am Morgen und da sie eh nicht schlafen kann, setzt sie sich an ihren Laptop. Sie hat eine Idee und tatsächlich hat sie Glück und findet, was sie sucht. Sie speichert sich alles in ihrem Handy ab und sucht gleich nach Flugtickets nach Chile. Sie vermisst Santiago und wird ihn überraschen. Hier kann sie gerade eh nichts tun und das Herumsitzen und Trauern macht sie wahnsinnig.

Statt noch einmal schlafen zu gehen, nimmt sie ein Bad, schminkt sich dann ein wenig, zieht einen roten kurzen Jumpsuit an, bindet sich goldene Armbänder um, steckt sich große goldene Kreolen an und packt ihre restlichen Sachen zusammen.

Sie hatte noch einiges von ihrem letzten Aufenthalt hier, nachdem Santiago und sie sich getrennt hatten. Auch jetzt lässt sie fast alles zurück, sie nimmt nur einen kleinen Koffer mit, sie wird öfter bei Franco und ihrer Mutter sein, also ist es praktisch, immer etwas zum Anziehen hier zu haben.

Als sie sich zu ihrer Mutter und Franco an den Frühstückstisch setzt, sind die beiden nicht begeistert, dass Catalina schon wieder weg möchte. Besonders nicht darüber, dass sie allein mit einem normalen Linienflug fliegt, doch als Catalina dann zustimmt, dass sie sie wenigstens zum Flughafen bringen können, sind sie etwas beruhigter.

Franco hat wahrscheinlich den Verdacht, dass Catalina etwas ganz anderes vorhat und will sie höchstpersönlich in den Direktflug nach Chile setzen. Sie hat nichts dagegen.

Sie verbringen zwei Stunden am Frühstückstisch, und irgendwann schaffen Catalina und ihre Mutter es auch, einige alte Geschichten von Elias zu erzählen, und sie müssen hin und wieder sogar lachen beim Gedanken an den Unsinn, den er früher angestellt hat.

Mittlerweile weiß Catalina, dass es besser wird. Der Schmerz lässt nach, auch wenn er niemals vergeht, doch genauso schwer wiegt das Gewicht in ihrem Herzen, dass Elias und vermutlich auch ihr Vater sterben mussten wegen Milo, durch seine Hand und wegen seiner Besessenheit von dieser Machtposition.

Er war nicht immer so, es war schnell klar, dass Milo eines Tages die Führung übernehmen könnte, doch es war ihm eher egal. Er hat sich über das Vertrauen gefreut und auch weiter angestrengt, doch niemals hätte sie mit dem gerechnet, was nun aus ihm geworden ist.

18

Wenn sie jetzt genau darüber nachdenkt, muss dieser Wandel damals passiert sein, als ihr Vater beschlossen hat, Catalina zu verheiraten. Sie weiß, wie sauer er deswegen war, er war sogar alleine weg, keiner wusste, wo er damals war, wer weiß, was er da getan hat. Er war wütend und hat gesagt, dass das ein großer Fehler ihres Vaters war, doch er wollte auch nicht seinen Anspruch auf den Titel des Anführers verlieren und hat deshalb nichts zu ihrem Vater gesagt, was Catalina damals ja so wütend gemacht hat.

Wahrscheinlich hat sich dieser ganze kranke Plan damals gebildet.

Da sie noch solange zusammengesessen haben, kommen sie relativ spät am Flughafen an und Catalina besteigt direkt das Flugzeug, nachdem sie sich von Franco und ihrer Mutter verabschiedet hat. Sie hat beide gebeten, Santiago nicht zu sagen, dass sie ihn überraschen möchte, Franco hat darauf bestanden, dass sich Catalina sofort meldet, wenn sie bei ihm im Hotel ist.

Den gesamten Flug verschläft sie, sie wird erst wieder wach, als die Stewardess sie aufweckt, nachdem die meisten Passagiere schon ausgestiegen sind, doch dann ist Catalina sofort richtig wach.

Sie ist auf dem größten Flughafen Chiles gelandet und hat sich alle Geschäfte, die es hier am Flughafen gibt, vorher bereits im Internet angesehen.

Statt zum Ausgang zu gehen, steuert sie einen Handyladen an. Sie kauft sich ein billiges Prepaid-Handy mit aufladbarer Simkarte, dann setzt sie sich in ein Café und aktiviert das Handy, und als sie dann die Nummer wählt, die sie sich heute Nacht herausgesucht hat, klopft ihr Herz schneller.

Sie kennt die Männer, denen Elias sicherlich am meisten vertraut hat, die sich wahrscheinlich mit ihm gegen Milo verbündet haben. Auch wenn er ihr keine Namen genannt hat, weiß sie, dass Armando, der oft als Wachmann vor den Toren der Finca eingesetzt wird, garantiert dazugehört.

Elias hat ihr gesagt, dass alle Telefone abgehört werden, doch zum Glück hat sich Catalina an etwas erinnert. Als Armando, Natia und sie einmal in die Stadt gefahren sind, um ein paar neue Möbel abzuholen, haben sie auf dem Weg zurück bei einer Bäckerei gehalten, die Armandos Mutter gehört. Sie haben dort damals leckeren Kuchen gegessen, die Mutter war sehr nett und momentan ist sie die einzige Hoffnung, die Catalina hat.

Sie verstellt ihre Stimme und fragt nach ihr, als sich ein junges Mädchen auf der anderen Leitung meldet. Glücklicherweise ist das Internet mittlerweile so gut ausgebaut, dass Catalina nach langem Suchen die Nummer der Bäckerei herausbekommen hat, auch wenn der Laden an sich keine Internetseite hat.

Es dauert etwas, bis sich die ältere Frau am Telefon meldet. Sie kann sich garantiert nicht an Catalina erinnern. Sie versucht ihr zu erklären, dass sie eine alte Freundin ihres Sohnes ist und ihn dringend sprechen muss. Die Frau zögert, doch erklärt dann, dass er erst am Sonntag wieder im Laden sein wird, um dabei zu helfen, einige Torten auszuliefern.

Hoffnung keimt in Catalina auf, sie fragt nach, zu welcher Uhrzeit er am Sonntag da sein wird und bittet die Mutter, Armando auf keinen Fall anzurufen und von diesem Anruf zu erzählen. Sie erklärt ihr, dass sie am Sonntag zu der Zeit, wenn Armando da sein wird, wieder anrufen wird und unbedingt mit ihm sprechen muss.

Sie betont dreimal, dass es sehr wichtig ist, dass Armando nichts von dem Anruf erfährt, bis er Sonntag bei ihnen ist und das auch nur, wenn er alleine kommt.

Vielleicht ist es ein wenig die Verzweiflung in Catalinas Stimme, vielleicht ahnt die Frau aber auch, wie wichtig all das hier ist und versichert ihr, dass sie ihrem Sohn erst am Sonntag Bescheid geben wird.

Als Catalina auflegt, zittern ihre Hände. Sie weiß nicht, ob sich Armandos Mutter wirklich an das hält, was sie ihr versprochen hat und nicht sofort ihren Sohn anruft, sie weiß es nicht, sie kann nur hoffen, dass sie begriffen hat, wie wichtig das ist. Mehr kann Catalina jetzt auch nicht tun.

Sie schaltet das Prepaid-Handy aus und versteckt es tief im Koffer, bevor sie aufsteht und wirklich zum Ausgang geht und sich ein Taxi ruft.

Selbst als sie sich hineinsetzt, zittert sie noch, sie versucht, ruhig zu atmen, jetzt kann sie nur abwarten. Sie schreibt Santiago und fragt, wo er gerade ist und was er macht.

Sie hatte sich darauf eingestellt, ihn bei einem Termin zu überraschen, doch er erklärt, dass er den ganzen Morgen unterwegs war, um zwei neue Anlagen für ihre Familia anzusehen und jetzt zurück auf dem Weg ins Hotel ist, um sich vor dem Abendessen mit den neuen Geschäftspartnern aus Chile noch etwas auszuruhen.

Das passt. Sie sagt dem Taxifahrer, dass er sie ins Hotel bringen soll. Einen Moment denkt Catalina an die Frau, die damals im Haus in Bolivien auf Santiago und sie gewartet hat. Sie weiß, wie umschwärmt ihr Mann ist, doch sie kann sich auch nicht vorstellen, dass er hier hinter ihrem Rücken etwas mit einer anderen Frau anfangen würde. Er könnte es, jederzeit, doch wenn sie an das Gefühl denkt, was er ihr gibt, kann sie sich das niemals vorstellen.

Trotzdem ist sie dann doch ein wenig nervös, als sie in das Hotel tritt. Sie geht bewusst nicht zur Rezeption, sondern setzt sich in der Eingangshalle neben einem kleinen Brunnen auf ein gemütliches Sofa und sieht zum Eingang.

Sie weiß nicht, wie lange es dauert, bis Santiago hier ist, aber das Hotel ist nur zehn Minuten vom Flughafen entfernt, deswegen ist sie sicherlich vor ihm da.

Es ist ein luxuriöses Hotel, wie üblich wenn Santiago reist. Er umgibt sich immer nur mit dem besten, er hat das Geld, doch Catalina fragt sich, als sie auf all den Marmor und das Gold blickt, ob er auch ohne all das leben könnte, ob er weiß, wie man ein normales Leben führt?

Sie macht sich wegen einiger Sachen Gedanken, während sie dort sitzt und wartet, bis die Drehtür vom Hotel bedient wird und fünf Männer eintreten. Als erstes kommt Thiago herein, hinter ihm zwei weitere Männer der Rojos, dann Santiago und hinter ihm Diego.

Catalinas Herz schlägt sofort schneller.

Sie wird den Augenblick, als sie Santiago das erste Mal gesehen hat, damals in der Kirche bei ihrer Hochzeit, niemals vergessen. Sie war starr vor Angst, doch mittlerweile betrachtet sie ihn mit so viel Liebe, dass sich ihr Herz kaum beruhigen lässt, als sie ihn ansieht.

Auch wenn all diese fünf Männer mächtig erscheinen, erkennt man sofort, dass er der Anführer ist.

Er trägt eine graue Jeans und ein schwarzes Shirt, dazu eine Sonnenbrille und Sneakers. Hier im Hotel sind die meisten Männer in feinen Anzügen, doch trotzdem liegen sofort alle Blicke auf Santiago - die der Männer und auch die der Frauen.

Catalina bleibt sitzen, sie beobachtet die Szene.

Einen Moment stellt sie sich vor, sie wäre einfach eine fremde Frau. Ob sie auf diese Männer achten würde? Und ja, das würde sie, das tut jeder hier.

Sie fallen auf. Durch ihre Haltung, ihre Ausstrahlung, durch die Tätowierungen, das R, was sie alle tragen, Santiago trägt es auffällig und stolz am Hals. Die Waffen, die sie tragen, wären da gar nicht das Erste, was einem auffällt.

Diego rückt zu Santiago auf, legt den Arm um ihn und zeigt ihm lachend etwas auf seinem Handy. Santiago lacht auf und Catalinas Herz macht einen Hüpfer. Sie liebt diesen Mann bereits so stark, dass sie jede Kleinigkeit an ihm liebt.

Alle sehen die Männer an, doch bevor die fünf die Fahrstühle erreichen, steht Catalina auf, und in diesem Moment scheint Santiago ihren Blick auf sich bemerkt zu haben und sieht zu ihr. Er bleibt stehen und nimmt die Sonnenbrille ab. Nun bemerken sie auch die anderen und Catalina lächelt, als Santiago ihr entgegenkommt und sie verwundert in die Arme schließt. »Wie kommst du hierher, Engel?«

Als wäre es die beste Medizin gegen Herzschmerz, schließt Catalina die Augen und atmet tief ein, als Santiago sie umarmt.

»Ich bin hergeflogen. Ich habe es nicht mehr ausgehalten … nichts zu tun und nur zu trauern. Ich musste einfach … raus. Und ich habe dich vermisst.« Santiago gibt ihr einen Kuss, bevor auch Diego, Thiago und die anderen sie begrüßen.

»Das Leben meint es echt gut mit dir gerade. Du sahnst die besten Deals ab und die schönste Frau wartet auf dich, gib mir mal etwas von deinem Glück ab.« Thiago zwinkert Catalina zu, während sie zu den Fahrstühlen gehen.

Santiago grinst frech und küsst Catalina noch einmal auf die Lippen. »Niemals!« Er ist wirklich überrascht, doch er freut sich und lässt seinen Arm um Catalina, als sie danach alle zusammen in den Fahrstuhl steigen.

Diego findet es lustig, dass Catalina immer genau das macht, was man nicht von ihr erwartet und auch Santiago muss schmuzeln über ihr plötzliches Erscheinen, als sie im fünften Stock aus dem Fahrstuhl steigen.

Wie meistens sitzen Wachen der Rojos im Stockwerk, wahrscheinlich ist das gesamte Stockwerk für sie reserviert. Catalina spürt sofort, wie gut ihr die Nähe zu Santiago gleich wieder tut.

Sie gehen in die Suite in der Mitte des Flures, und sobald sie die Tür geschlossen haben, sieht sich Catalina um, während Santiago seine Waffe ablegt. »Du hast mich wirklich überrascht, ich freue mich, dass du hier bist, aber momentan ist es nicht gut, alleine zu reisen, Catalina. Es ist gerade nicht ...« Die Suite ist atemberaubend, wie fast alle Zimmer, die Santiago bei seinen Aufenthalten in anderen Ländern bewohnt.

Bevor Santiago weiter sprechen kann, dreht sie sich aber wieder zu ihm um und küsst ihn. Sie vereint ihre Lippen liebevoll, küsst ihn zärtlich und sieht ihm einen Moment in die dunklen Augen. Ihre Hände zeichnen seine Narbe an der Augenbraue nach und sie stellt sich auf Zehenspitzen. »Du fehlst mir immer stärker und immer schneller. Ich weiß nicht, ob das so gut ist.«

Sie flüstert ihm die Worte zu und vereint ihre Lippen erneut, doch dieses Mal verlangender. Santiago erwidert ihren Kuss genauso sehnsüchtig. Durch ihre Trauer waren sie sich zwar immer nah, doch nicht auf diese Weise.

Santiago hat sich sehr zurückgehalten und jetzt, als seine Hände an ihrem Körper hinab wandern und ihre Schenkel umfassen und sie hochheben, spürt sie, wie sehr sie dieses Gefühl gebraucht hat.

Catalina beendet den Kuss. Sie stöhnt auf, als Santiago sie mit dem Rücken gegen die Wand drückt und sie seine Erregung zwischen ihren Beinen spürt. Ungeduldig zieht sie ihm sein Shirt über den Kopf und ihre Lippen fahren seinen Hals entlang.

24

»Ich spüre schon die ganze Zeit diese Kälte in mir und nur du schaffst es, sie zu vertreiben.« Sie küsst den Strich für ihre Liebe auf seiner Brust und Santiagos Hände fahren unter ihren Jumpsuit.

»Du hast keine Vorstellungen davon, wie sehr ich dich wirklich die letzten Tage vermisst habe und ich bin froh, dass du wieder bei mir bist.« Sie weiß, dass er das nicht nur körperlich meint und schließt die Augen, als er sie zu verwöhnen beginnt.

Catalina und Santiago lieben sich; als Catalina danach auf seiner Brust liegt und ihr schon fast die Augen zufallen, streicht Santiago ihr liebevoll die Haare nach hinten und küsst ihre Stirn.

»Es ist nicht leicht für mich zu sehen, wie sehr dir all das zu schaffen macht und nichts dagegen tun zu können. Ich bin dein Mann, ich muss dich glücklich machen, ich will dich glücklich machen, doch ich kann kaum etwas tun. Ich wünschte, ich könnte dir all das abnehmen.«

Catalina lächelt und küsst seine Brust.

»Mein Vater hat mich für all das ausgesucht, weil er mich für stark gehalten hat. Ich weiß nicht, ob er recht hat, was ich aber weiß ist, dass deine Liebe mir eine Stärke gibt, die ich selbst so vielleicht niemals entdeckt hätte. Was auch immer sich vor mir auftut und auf mich zukommt, ich weiß, dass du hinter mir stehst und das ist mehr, als ich mir jemals hätte erträumen können, also mach dir keine Gedanken, Santiago. Ich liebe dich und du machst viel mehr, als du selbst es vielleicht merkst.«

Sie sieht nach oben in seine Augen. Es liegt ein mildes und müdes Lächeln in seinen Augen, er umschließt sie komplett mit seinen Armen und sie atmet tief ein. Santiago ahnt nicht, was für ein Halt er für sie ist.

Sie schlafen zwei Stunden und als sie am Abend zusammen mit Diego und Thiago ein teures Restaurant in Chiles Hauptstadt betreten, vibriert Catalinas Körper noch immer voller Glück und Liebe.

Sie hat sich ein Kleid ins Hotel bringen lassen. Es ist aus schwarzer und beigefarbener Spitze und schmiegt sich an ihren Körper. Fast wären sie noch später gekommen, als Santiago sie in dem Kleid gesehen hat, doch Catalina hat einen klaren Kopf behalten, sodass sie jetzt die Männer begrüßen, die bereits auf sie warten.

Einen der Männer kennt Catalina, es ist ein alter Geschäftspartner ihres Vaters. Santiago hat ihr das schon vorher im Auto gesagt, seit dem Tod ihres Vaters und Milos brutaler neuer Herrschaft kommen viele alte Geschäftspartner nun zu den Rojos.

Es fühlt sich komisch an, dass sie nun am Tod ihres Vaters verdienen, doch Catalina ist auch froh, dass Milo so der Geldhahn abgeschnürt wird.

Auch der Mann erkennt sie, alle stehen auf und als Catalina ihm die Hand reicht, nickt er ihr respektvoll zu.

»Die Frau an Santiago Rojos Seite und die Tochter von Alvaro Delgardo. Es ist mir eine Ehre.«

Die gleichen Worte hat sie nun schon einige Male gehört. Wieder wird Catalina bewusst, wie viel Macht sie nun hat und dass sie sie nutzen muss, um Kolumbien aus Milos Händen zu befreien.

Deswegen lächelt sie zurück und sieht jedem der hier Anwesenden fest in die Augen.

Sie wollte nichts mehr mit diesen Familia-Sachen zu tun haben, nie wieder, doch nun ist sie gezwungen, sich wieder damit zu beschäftigen, und wenn sie das jetzt tun muss, dann wird sie alles dafür geben, es richtig zu tun.

# Kapitel 3

»Sie können sich wieder anziehen.«

Nichts lieber als das.

Catalina geht in den hinteren Teil des Raumes und zieht sich ihre Unterhose und ihre Shorts über, dann schlüpft sie in ihre korallfarbenen Ballerinas und tritt wieder aus der kleinen Umkleide, um sich an den Schreibtisch der Ärztin zu setzen.

»Es sieht alles sehr gut aus. Die Pille, die Sie in Kolumbien genommen haben, können Sie auch hier bekommen, oder möchten Sie die weiter abgesetzt lassen und schwanger werden?«

Catalina rückt sich auf ihrem Stuhl ein wenig gerader. »Ähm ja, wollte ich, aber nein, ich … momentan noch nicht. Eigentlich wollten wir schon … doch es hat sich einiges geändert. Ich denke gerade nicht darüber nach, Kinder zu bekommen …« Catalina ist selbst erstaunt, wie unangenehm ihr dieses Thema ist, auch wenn dazu gar kein Grund besteht.

»… Also ja, bitte die gleiche Pille noch einmal, zur Sicherheit. Ich werde noch einmal darüber nachdenken.« Die Ärztin nickt und lächelt, als sie ihr das Rezept ausdruckt. »Gerne, machen Sie sich keinen Druck. Sie sind noch jung und haben Zeit. Wir sehen uns dann in einem halben Jahr wieder.«

Sie war noch nie gern beim Frauenarzt, sie hat die Pille ja bereits abgesetzt, doch momentan weiß sie nicht, ob es nicht doch besser wäre, sie wieder zu nehmen.

Nola und Santiagos Mutter sagten beide, dass sie zu einer Ärztin gehen soll, bei der alle Frauen aus der Familie schon immer in Behandlung sind, doch Catalina fand die Vorstellung seltsam und hat sich selbst eine gute Ärztin in der Nähe herausgesucht. Sie ist auch sehr zufrieden, die Ärztin ist nett und sympathisch, trotzdem ist sie froh, als sie die Praxis wieder verlassen kann.

Die Praxis ist nur zehn Fußminuten vom Gebiet der Rojos entfernt und Catalina hat Santiago gebeten, alleine gehen zu können. Sie versteht, dass es momentan gefährlicher ist mit allem, was gerade in Kolumbien passiert, aber seitdem sie aus Chile zurück sind, hat Catalina keinen Schritt außerhalb des Gebietes ohne Schutz machen dürfen, doch wenigstens diese kurze Strecke wollte sie heute mal allein und zu Fuß bestreiten.

Sie kommt an einer Apotheke vorbei und besorgt sich gleich die nächste Packung Pillen, dabei denkt sie automatisch wieder an die Frage, ob sie Kinder möchte und schiebt das weit von sich. Sie weiß momentan überhaupt nicht, was sie tun soll, schon gar nicht in dieser Frage.

Als sie die Apotheke wieder verlässt, strömt ein süßer Geruch durch die Straße und Stimmenwirrwarr ertönt aus den Straßen hinter ihr. Catalina folgt dem, auch wenn sie eigentlich zurück auf das Rojos-Gebiet sollte.

In der Mitte der vielen Straßen und engen Gassen ist ein kleiner Markt aufgebaut. Händler mit frischem Gemüse und Obst, Gewürzen, Leckereien und Korbwaren bieten ihre Waren an, sogar einen Fleischer und Bauern, die Honig und frische Marmelade verkaufen, gibt es.

Catalina fühlt sich sofort wohl, das hier erinnert sie viel mehr an das einfachere Leben in Kolumbien. Sie war oft mit ihrer Mutter und ihrer Schwester auf den Märkten der Umgebung.

Deswegen schlendert sie auch hier an den Ständen vorbei, kauft Honig, frisches Brot, duftende Kräuter, leckeres Gemüse und Fisch. Sie wird gleich selbst kochen, sie hat Appetit auf

Fisch mit Gemüse, wie ihre Mutter ihn immer im Ofen zubereitet.

Bei den Gewürzen findet sie auch tatsächlich zwei Gewürze, die es eher in Kolumbien gibt und mit den vielen Tüten läuft sie dann zufrieden in das Gebiet der Rojos ein.

Überall wird sie begrüßt. Auch auf dem Markt wurde sie immer wieder angesehen, doch niemand hat sie angesprochen, hier weiß wirklich jeder wer sie ist. Und auch wenn Catalina das in den ersten Wochen niemals gedacht hätte, begrüßen sie hier im Rojos-Gebiet alle mittlerweile freundlich, viele scheinen sie auch wirklich zu mögen und spielen das nicht nur vor, weil sie Santiagos Frau ist.

Bevor sie nach Hause geht, läuft sie schnell zum Stall. Sie hat auch für die Pferde einige Leckereien geholt und gibt sie ihnen. Sie war heute früh schon mit Nola ausreiten und als sie jetzt den Stall wieder verlässt, hält deren Wagen neben ihr.

Nola wollte zusammen mit ihrer Mutter nach San Juan und fragt, ob Catalina mitfahren möchte, doch sie deutet auf ihre Tüten und erklärt, was sie vorhat. Santiagos Mutter sieht ihr in die Augen. »Und, was sagt die Ärztin? Bist du schwanger?«

Sie hat noch nie mit irgendjemandem hier über Babys gesprochen, deswegen sieht sie sie auch verdutzt an. »Nein, es ist alles in Ordnung bei mir, aber ich bin … nicht schwanger.«

Nola winkt ab. »Lass ihr doch Zeit, Mama, lass dich nicht verrückt machen, Catalina, sie kann es nur nicht erwarten, Babysachen einkaufen zu können.«

Catalina lächelt, sie weiß, dass das sicher nicht böse gemeint ist, doch sie trifft es wieder, genau wie bei der Ärztin, auch wenn es völlig unbegründet ist.

Als die beiden weiterfahren, geht sie in ihr Haus.

Mittlerweile ist es das wirklich: ihr Haus. Sie hat nach und nach zusammen mit Santiago einiges geändert, überall findet man hier nun ihre Handschrift und Catalina liebt es, hier zu leben.

Sie schreibt Santiago eine Nachricht und fragt, wann er nach Hause kommt. Er ist schon eine ganze Weile unterwegs, dabei wollte er nur kurz weg. Er antwortet, dass er noch ungefähr eine Stunde braucht und in zwei Stunden zu Hause sein wird und fragt, ob sie essen gehen wollen, aber Catalina schreibt ihm, dass sie kochen will.

Die Haushälterin hat schon etwas vorbereitet, doch Catalina stellt das in den Kühlschrank und beginnt, den Fisch zu würzen, das Gemüse zu schneiden und alles andere vorzubereiten, dabei hört sie Musik und denkt nach.

Ständig muss sie an das Handy, was sie in einem ihrer Schuhe im Kleiderschrank versteckt hat, denken.

Morgen wird sie Armando anrufen, sie weiß nicht, ob das ein großer Fehler war oder genau das Richtige, doch ihr ist nichts anderes eingefallen.

Es fühlt sich schlecht an, Santiago von alldem nichts zu erzählen, doch fürs Erste weiß nur Catalina, was sie da vorhat. Auch wenn es nicht gut für ihre Ehe ist, wird Santiago als Anführer das trotzdem verstehen, sollte sie es ihm dann doch sagen, zumindest hofft Catalina es.

Sie schiebt den Fisch mit dem Gemüse und der pikanten Tomatensoße, wie ihre Mutter ihn sehr oft macht, in den Ofen. Dann setzt sie Reis an, macht einen Salat und deckt den Tisch auf der Terrasse, im Schatten und noch leicht klimatisierten Teil, ein.

Sie ruft ihre Mutter über einen Videoanruf an und zeigt ihr, was bei ihr im Ofen ist. Sie sagt, dass sie auch mal wieder Lust darauf hat und dass sie es morgen ebenfalls zubereiten wird.

Franco ist gerade nicht da, er trifft seine Geschäftsfreunde in Venezuela, und weil das Land auch in Milos Einflussbereich liegt, macht sich ihre Mutter große Sorgen. Franco allerdings denkt nicht, dass Milo so verrückt ist und es wagen wird, ihn anzugreifen und er denkt nicht einmal, dass er überhaupt mitbekommen wird, dass Franco da ist.

Catalina hofft es, die Situation ist schon schlimm genug, sie brauchen nicht noch mehr schlechte Nachrichten.

»Das riecht sehr gut, ich hab wahnsinnigen Hunger.«

Catalina zuckt zusammen, als plötzlich Santiago hinter ihr steht und ihre Schultern küsst. Sie war so im Gespräch mit ihrer Mutter vertieft, dass sie ihn gar nicht gehört hat. Er begrüßt auch ihre Mutter und Catalina beendet das Gespräch, da das Essen wirklich fertig ist.

Santiago lächelt, als sie sich zu ihm umwendet und ihm einen Kuss auf den Mund gibt.

»Na, wie war dein Arztbesuch?«

Catalina weicht aus seinen Armen und holt den Fisch aus dem Ofen. »Sehr gut, es ist alles in Ordnung. Ich bin … gesund.« Sie lächelt und Santiago sieht neugierig in die Auflaufform, in der sie den Fisch gebacken hat.

»Das hört sich gut an. Soll ich den Topf noch mit rausnehmen?« Catalina nickt und geht schon vor auf die Terrasse, Santiago folgt ihr und setzt sich, während sie ihnen beiden Essen auftut. Dabei ärgert sie sich über sich selbst, sie kann doch ganz normal mit ihm darüber sprechen.

Natürlich, sie hat zur Zeit Geheimnisse vor ihm, aber das zählt doch nicht für alles. Sie sollten ansonsten über alles sprechen können.

Santiago gießt ihnen den Eistee ein, den sie schon auf den Tisch gestellt hatte und Catalina setzt sich.

»Möchtest du eigentlich wirklich Kinder?«

Santiago blickt hoch und ihr in die Augen.

»Bist du schwanger?«

Catalina pikt sich das erste Stück auf die Gabel.

»Nein, ich habe die Pille zwar abgesetzt, doch ich bin noch nicht schwanger. Aber als die Ärztin mich gefragt hat, ob ich daran denke, musste ich wirklich darüber nachdenken, ob das momentan so gut wäre. Deine Mutter rechnet offensichtlich schon fest damit; ich muss ehrlich gesagt zugeben, dass ich mir nicht mehr sicher bin.«

Santiago hat schon probiert und deutet Catalina, dass es sehr lecker ist.

»Ich möchte Kinder, natürlich. Ich habe mir aber auch noch nicht viele Gedanken darüber gemacht, wenn ich ehrlich bin. Ich fand diesen Schritt zu heiraten schon sehr groß, also aus Liebe zu heiraten und einen Menschen so nah an sich heranzulassen und eine solch starke Liebe aufzubauen, wie ich es bei dir empfinde. Das ist schön, aber gleichzeitig habe ich dadurch auch mehr Verantwortung, ich mache mir ständig Gedanken um dich und möchte dich zufriedenstellen.«

Catalina muss über seine süßen Worte lächeln. »Wenn ich mir jetzt vorstelle, du bist schwanger und wir ein Baby bekommen, wäre das noch einmal intensiver. Ich denke, das wäre noch einmal eine Umstellung, die schwerwiegend ist. Wenn ich jetzt zu einem Treffen gehe und es wird ernster, denke ich schon, dass ich aufpassen muss, weil du jetzt da bist und weil ich zu dir nach Hause kommen möchte, wenn ich erst einmal Söhne oder Töchter habe ... die Verantwortung ist schon wirklich groß.«

Catalina muss leise lachen, als sie bemerkt, dass auch Santiago sich erst jetzt richtig das erste Mal mit diesem Thema zu beschäftigen scheint und das ebenso angsteinflößend findet wie sie.

»Das stimmt, ich habe aber auch viel darüber nachgedacht, was denn genau aus unseren Kindern werden soll. Sie werden es nicht so einfach haben. Sie sind Rojos und Delgardos ... sie werden sicher immer mehr in Gefahr sein als andere und ...«

Sie darf gar nicht darüber nachdenken, das ist alles so kompliziert und hätte weitreichende Konsequenzen. Sie beugt sich etwas mehr zu Santiago. »Rein theoretisch hätten unsere Kinder mehr Anspruch auf die Führung der Delgardos als ihre Cousinen und Cousins von Milo und Natia, die sie wahrscheinlich niemals kennenlernen werden ... es ist wirklich traurig.«

Santiago sieht ihr die ganze Zeit in die Augen, isst aber weiter, erst jetzt legt er die Gabel an seinem Teller ab und räuspert sich. »Catalina, ich weiß, wie sehr dein Herz an Kolumbien und deiner Familia hängt, ich weiß, dass ich dir nicht alles sagen sollte, um dich nicht zu verletzen, doch in Kolumbien passieren gerade sehr, sehr schlimme Dinge.«

Auch Catalina legt ihre Gabel beiseite. »Milo dreht immer mehr durch. Er hat zwei Geschäftspartnern, mit denen dein Vater aber auch wir Geschäfte gemacht haben, du hast die damals auch auf der Hochzeit getroffen ... er wollte neue Bedingungen aushandeln und sie haben nicht zugestimmt. Er hat ihnen die Kehlen durchschneiden lassen und sie kopfüber aufhängen lassen, als Warnung für alle anderen. Bei dem Kampf, der daraus entbrannt ist, haben viele Männer auf beiden Seiten ihr Leben gelassen und das ist nicht alles. Venezuela droht immer mehr völlig auszubluten, weil Milo sich zur Zeit nur auf Kolumbien konzentriert, es gibt dort viele Unruhen und er hat den Präsidenten aufgesucht, seitdem fehlt jede Spur von seiner Frau. Es ist viel los und wenn es so weiter geht, müssen wir runter und alldem ein Ende setzen, Catalina. Es wird nicht anders gehen. Du solltest dich wirklich an den Gedanken gewöhnen, dass die Delgardos mit deinem Vater zusammen … gestorben sind.«

Catalina spürt, wie ihr die Tränen die Wange herunterlaufen, noch immer ist sie schockiert, so etwas zu hören, obwohl sie es nicht sein sollte.

»Nein, das kann ich nicht. Die Delgardos gibt es noch, Santiago, es sind Männer, mit denen ich aufgewachsen bin. Ich möchte nicht, dass du sie tötest oder dass sie probieren, dich zu töten … ich weiß, dass du irgendwann handeln musst, doch ich bitte dich, noch abzuwarten und uns … also Kolumbien noch etwas mehr Zeit zu geben.«

Er nickt, greift über den Tisch und streicht ihr die Tränen von der Wange. »Das hatte ich eh vor, doch ich werde nicht ewig warten können, Engel, und ich sehe keine Hoffnungen mehr für die Delgardos, es tut mir leid, ich will nur ehrlich zu dir sein.«

Sie atmet tief ein und nickt nur leicht. Santiago wechselt schnell das Thema und Catalina ist ihm dankbar dafür, trotzdem trifft sie das alles.

Sie bleiben noch eine Weile im Garten, gehen dann schwimmen und Catalina lässt sich überreden, zusammen laufen zu gehen, was sie nach wenigen Minuten bereut.

Als sie nachts eingekuschelt am Meer sitzen und sich dort auch lieben, spürt Catalina, wie glücklich sie ist und wie sehr sie dieses neue Leben liebt, doch auch, dass sie deswegen nicht ihr altes Leben aufgeben und ihre Heimat im Stich lassen kann.

Deswegen sieht sie auch am nächsten Tag immer wieder auf die Uhr und geht rechtzeitig unter dem Vorwand, ausreiten zu wollen, in den Stall.

Sie reitet bis zum Meer und steigt dort ab, lässt ihr Pferd im Schatten und lehnt sich an einen der Bäume, die hier gepflanzt wurden, um Schatten zu spenden.

Mit zittrigen Händen zieht sie das Prepaid-Handy aus der Tasche ihrer Shorts und schaltet es ein.

Sie wählt die Nummer und ihr Herz rast so schnell, dass sie selbst es laut hören kann, als dann eine genervte tiefe Männerstimme abnimmt, schließt Catalina erleichtert die Augen.

»Armando!«

Stille.

Die Stimme, die sich gerade noch so genervt angehört hat, ist verstummt und einen Moment denkt Catalina, sie hat aus Versehen wieder aufgelegt, da hört sie, wie er jemanden wegschickt, wahrscheinlich seine Mutter.

Erst dann meldet er sich wieder.

»Catalina? Bist du das wirklich?«

Sie nickt und beginnt zu weinen, so gut tut es, nach Elias' Tod wieder etwas aus Kolumbien zu hören, eine kleine Verbindung zu ihrer Vergangenheit zu haben.

»Ja, ich bin es. Weiß irgendjemand aus der Familia, dass ich angerufen habe?«

Man hört, wie verwundert aber auch freudig Armando dieser Anruf macht.

»Nein, nein, niemand weiß davon. Ich dachte, wir hören nie wieder etwas von euch. Die Männer, die sich zusammengetan haben, um gegen Milo vorzugehen, waren wütend wegen Elias' Verrat und dass er uns im Stich gelassen hat, wir ...«

Catalina stellt sich gerade auf.

»Von was sprichst du da? Was für einen Verrat? Ich habe vor ungefähr zwei Wochen seinen Kopf geliefert bekommen, das war eine eindeutige Botschaft von Milo.«

Armando schweigt, er wusste nichts davon.

»Was wurde euch erzählt?«

Die tiefe Stimme hört sich plötzlich sehr brüchig an, jeder aus der Familia hat Elias geliebt, deswegen hat Catalina auch nie verstanden, wie Milo das tun konnte, ohne dass die Männer ihn davon abgehalten hätten.

»Milo hat uns gesagt, dass Elias zu dir geflohen ist und zu den Rojos übergelaufen ist. Er hat ihn als Verräter hingestellt und plant seitdem die Vernichtung der Rojos in immer größeren Schritten.«

Catalina schüttelt den Kopf.

»Wie konntet ihr das glauben? Elias? Er hätte euch niemals im Stich gelassen, das weißt du doch.«

Armando flucht auf.

»Natürlich, aber er war weg und … dieser verdammte Milo, wenn die Männer erfahren, was er getan hat …«

Catalina unterbricht ihn.

»Nein, Armando, hör mir zu. Ich werde Kolumbien auch nicht im Stich lassen. Ich höre, was Milo dort alles tut, doch du kannst nicht offen gegen ihn kämpfen. Er wird genug Männer an seiner Seite haben, die sich im Ernstfall gegen ihn stellen. Gibt es diese Männer noch, die zusammen mit Elias diese heimliche Front gegen ihn gebildet haben?«

Man hört Armando an, wie wütend er ist.

»Ich denke schon, es hatte sich zerschlagen, nachdem Elias weg war, mit dem, was ich jetzt weiß, werde ich all das wieder aktivieren. Was willst du tun, Catalina? Du musst aufpassen. Milo will dich zurückholen, um jeden Preis. Es waren schon mehrere Männer auf dich angesetzt, doch Santiagos Männer haben sie immer aufgehalten, aber Milo wird alles tun, um dich am Boden zu sehen. Bist du sicher, dass du dieses Risiko eingehen willst?«

Catalina schließt die Augen. Santiago hat ihr davon nichts gesagt, er will sie nicht weiter beunruhigen.

»Trommel die Männer zusammen, ich bereite hier alles vor. Aber Armando, wir müssen sehr vorsichtig sein, überlege gut, wen du einweihst, sehr gut. Nimm nur die Männer, denen Elias auch vertraut hat, auch wenn es nicht viele sind. Wenn es so weit ist, werden wir die nächsten Schritte planen. Niemand sonst darf von diesen Gesprächen erfahren, hörst du, niemand! Ich komme zurück und werde die Führung der Delgardos übernehmen, mit den loyalen Männern meines Vaters an meiner Seite.«

Als sie diese Worte ausspricht, weiß sie, dass sie das tun muss, auch wenn es das Gefährlichste ist, was sie jemals getan hat und auch, wenn sie allein beim Gedanken daran wie verrückt zittert vor Angst. Sie muss es einfach tun.

»Okay, ich werde wieder alles zum Laufen bringen. Rufe mich in genau einer Woche hier wieder an, um dieselbe Zeit, und pass gut auf dich auf, Catalina.«

Sie atmet tief ein.

»Du auch, und sei vorsichtig.«

Sie beendet das Gespräch und atmet tief ein und aus, versucht sich zu beruhigen, aber bekommt kaum Luft.

Sie weiß, dass sie etwas ins Rollen gebracht hat, was sich so leicht nicht mehr aufhalten lässt.

# Kapitel 4

»Es ist schon merkwürdig, dass du mich überraschen möchtest, obwohl du Puerto Rico noch nicht so lange kennst.«

Santiago sieht aus dem Fenster, während Catalina versucht, sich an die Straßennamen zu erinnern. Sie hat sich alles ausgedruckt, um nicht das Navi nutzen zu müssen.

»Man kann sich im Internet gut genug informieren.«

Santiago sieht zu ihr und lächelt, während sich seine Hand an ihren Nacken legt. »Es ist schön, dass du wieder ein wenig gelöster bist. Die letzten Tage hast du zwar sehr nachdenklich, doch auch gelöster gewirkt.«

Jedes Mal wenn sie über dieses Thema sprechen, überkommt Catalina ein wahnsinnig schlechtes Gewissen. Sie möchte Santiago nicht anlügen. Er hat es nicht verdient, doch momentan geht es einfach nicht anders und das bedrückt sie sehr.

Sie ist froh, als sich vor ihnen das Meer auftut und sie die kleine Straße findet. Den Schlüssel hat sie gestern schon abgeholt, sie werden hier zwei Tage verbringen und Catalina kann es nicht erwarten zu sehen, wie Santiago auf ihre Idee reagiert.

»Hast du eine Strandvilla gemietet?«

Catalina legt den Kopf schief. »Fast.«

Sie steigen aus und sie führt Santiago zu dem kleinen Haus, was hier als einziges weit und breit steht. Da es mittlerweile schon dunkel ist, erkennt man erst einmal nur die Laterne, die auf der Veranda brennt.

Santiago nimmt die Tasche, die Catalina für sie beide gepackt hat und sieht sich um, noch versteht er nicht, was sie vorhat.

Als sie dann das kleine Holzhaus aufschließt, atmet er tief ein.

»Das ist ja so groß wie unser Eingangsbereich … das gesamte Haus!« Catalina lacht leise und schaltet das Licht an.

Es ist nett hier. Es ist alles komplett aus Holz, es gibt eine kleine Couch und einen alten Fernseher, eine Kochnische, ein Bad mit Dusche und WC, sowie ein Schlafzimmer, in dem ein kleiner Holzschrank und ein einfaches Bett stehen, mehr nicht, doch es reicht für sie.

»Okay, was hast du vor?« Catalina nimmt ihm die Tasche ab und legt sie auf die Couch. Sie zieht seine Waffe aus der Hose und legt sie in eine Schublade einer Kommode, die in der Ecke steht, legt ihr Handy und seines dazu und schließt sie wieder.

»Ich habe mir letztens vorgestellt, wie unser Leben ohne all den Luxus wäre. Wie wir beide miteinander zurechtkommen würden, wenn wir normale Leben hätten. Ich … im Supermarkt arbeiten würde und du … in der Autowerkstatt. Ob wir uns dann auch so lieben würden? Ob sich das zwischen uns dann immer noch so gut anfühlen würde? Und ich habe mir gedacht, wir verbringen einfach mal zwei Tage auf ganz anderem Niveau: Ohne Luxus, ohne Familia, ohne Handys, ohne Termine, nur wir beide.«

Santiago sieht ihr in die Augen. »Denkst du etwa, wir könnten so nicht leben? Ich mag den Luxus, aber ich brauche ihn nicht und ich habe auch nichts gegen zwei Tage mit dir alleine auszusetzen, wenn, dann bin ich aber ein Autoverkäufer. Also, da wir ja nicht auspacken und in ein Luxusrestaurant gehen können, hast du bestimmt schon einen Plan für heute Abend. Ich habe langsam Hunger.«

Er grinst sie frech an und denkt wohl, sie hat ihre Pläne nicht komplett durchdacht. »Natürlich habe ich das.« Sie zieht eine Tüte aus der Reisetasche. »Da wir ja nur sehr wenig Anziehsachen brauchen, habe ich schon vorgekocht, du musst das nur warmmachen und hier ist auch alles für einen Salat.«

Sie legt alles in Santiagos Hände. »Morgen gehen wir auf einen Wochenmarkt einkaufen, der hier gleich in der Nähe ist, alles frisch und gesund und ich habe dir auch extra ein Cap mitgenommen; mit der Sonnenbrille erkennt man dich nicht und wir bleiben weiter Santiago der Autohändler und Catalina die Supermarktleiterin.«

Santiago bleibt weiter stehen, während Catalina in Richtung Schlafzimmer geht.

»Wann wurdest du befördert? Ich bin dann auch Geschäftsführer und Geschäftsführer können ihre Frauen zum Essen ausführen.«

Catalina lacht und wendet sich noch einmal um, sie liebt diesen Mann über alles. »Deinem Unternehmen geht es aber nicht gut und wir müssen sparen, weil wir drei Kinder haben, die alle aufs College wollen.«

Er schüttelt den Kopf. »Wieso gleich drei? Was soll ich jetzt hiermit machen?« Catalina sieht ihm belustigt in die Augen.

»Ich mache die Betten und hänge die Sachen weg und du kümmerst dich ums Essen ... das wirst du doch schaffen, oder?«

Santiago lacht nur leise und wendet sich ab. »Natürlich, das ist kein Problem für mich.«

Da ist sie wirklich gespannt drauf.

Sie findet Bettwäsche und bezieht das Bett, was sehr einfach gehalten ist. Nachdem sie die paar Sachen verstaut hat, die sie dabei haben, geht sie noch auf die Toilette. Es duftet gut, als sie in die Kochnische kommt, doch sie sieht, dass Santiago auf der Veranda gedeckt hat. Es brennen sogar mehrere Lampen und Kerzen. Er hat das Essen erwärmt und einen Salat zubereitet.

»Das sieht sehr gut aus.« Sie setzen sich und essen zusammen, man hört nur das Rauschen des Meeres und die Stimmen von ihnen beiden. Es ist herrlich entspannend. Sie bleiben eine ganze Weile in der kühlenden Nachtluft sitzen, bis Santiago aufsteht und sich sein Shirt auszieht.

»Ich finde deine Idee wirklich gut, nur wir beide, ganz alleine ...« Er zieht sich seine Shorts aus und deutet Catalina mitzukommen.

»Du willst doch nicht ...« Santiago zieht sich auch seine Boxershorts aus und lacht auf. »Komm schon, du und ich ...« Er grinst frech, wahrscheinlich denkt er, sie wird sich nicht trauen, doch auch sie zieht sich komplett nackt aus und sie gehen zusammen im dunklen Meer schwimmen, auch wenn Catalina sich nicht sehr weit hinaus traut.

Es ist schön, friedlich, und auch die Nacht ist nur für sie alleine bestimmt. Sie wusste, dass das eine gute Idee ist, auch wenn sie am nächsten Tag wahnsinnige Rückenschmerzen hat.

Santiago fragt sie immer wieder, ob sie auch gut geschlafen hat, sein Rücken tut garantiert genauso weh, doch keiner von ihnen gibt es zu, dass sie ihre weichen Matratzen vermissen.

Wie Catalina es geplant hat, schlendern sie am Vormittag über den Wochenmarkt und sehen sich ein wenig die Gegend an. Das ist es, was Catalina eigentlich wollte.

Sie sind völlig ungestört. Niemand ruft an, niemand will etwas von Santiago, keiner erkennt ihn, keiner achtet auf sie. Auch er scheint das zu genießen, sie essen ein großes Eis, steigen auf Sandhügel und laufen barfuß am Strand zurück.

Sie haben den ganzen Tag völlig entspannt verbracht und essen beim Sonnenuntergang in ihrem kleinen Haus. Als sich Catalina dann zu Santiago in die Sitzecke auf ihrer Terrasse kuschelt und sie zusammen noch die letzten Strahlen der Sonne genießen, wendet sie sich lächelnd zu ihm um.

»Ich würde dich auch so über alles lieben und ich würde gerne solch ein Leben mit dir führen.«

Er streicht ihre Haare nach hinten. »Ich denke, es ist völlig egal, welches Leben wir führen; solange wir zusammen sind, fühlt sich alles gut an. Ich danke dir für diese Überraschung. Ich glaube, ich habe diese Auszeit wirklich dringend gebraucht. Ich liebe dich.«

Er gibt ihr einen zärtlichen Kuss auf den Mund und auch wenn Catalina in diesem Moment einfach nur glücklich ist, ahnt sie, dass diese kleine Auszeit sehr schnell wieder vorbei sein wird.

Sie hat es geahnt und dafür gesorgt, dass sie wirklich noch jede Minute an diesem abgeschiedenen Ort genießen. Als sie dann am nächsten Tag ins Auto steigen, endet ihre Ruhe sehr schnell, abrupt und hart, sobald sie ihre Handys wieder einschalten.

Beide haben viele Nachrichten, doch als Catalina die verweinte Stimme ihrer Mutter hört, ruft sie sie sofort zurück.

Natürlich war ihre Mutter eingeweiht und wusste auch, wo sie sind, ihre Mutter hat sich völlig fertig angehört. Wieso hat keiner sie geholt? Zayn und alle anderen waren eingeweiht und wussten, dass sie sie im Notfall holen konnten.

Als ihre Mutter jetzt ans Handy geht, hört man noch immer die Aufregung in ihrer Stimme.

»Franco wurde verletzt. Sie haben einen Anschlag auf ihn geplant, genau wie bei deinem Vater. Milo, dieser ...« Sie sind sofort wieder in der Realität angekommen, als Catalina auf Lautsprecher stellt.

»Wie geht es ihm? Was ist passiert?«

Ihre Mutter atmet tief ein. »Er hat einige Verletzungen, sie sind mit einem Auto gegen einen Pfeiler gefahren bei der Verfolgung der Schützen.«

Man hört die Tränen ihrer Mutter. »Mitten in Venezuela wurde auf sie geschossen, wie bei deinem Vater. Nur, dass die Kugel Franco verpasst und einen seiner Männer getroffen hat. Sie sind sofort hinter dem Auto her und haben die Männer auch bekommen, obwohl sie dabei einen Unfall hatten. Es sind unsere Männer, Catalina. Die Männer aus unserer Familia haben versucht ihn zu töten. Ich weiß nicht mehr, was ich sagen soll, wie ich alle beschwichtigen kann. Franco ist außer sich. Ich konnte ihn nur mit Mühe und Not abhalten, sofort in Kolumbien einzufallen.«

Catalinas Herz schlägt schneller.

»Nein, das darf er nicht!«

Santiago sieht ein wenig verwundert zu ihr.

»Ich weiß, stell dir vor, da unten bricht ein Krieg aus, Natia, sie ist schwanger, es würden so viele in Gefahr sein, die wir kennen.«

Catalina lehnt sich zurück und sieht auf die Straße vor sich.

Es ist ein Alptraum und sie hat keine Ahnung, wie sie es schaffen soll, diese Situation nicht eskalieren zu lassen, bevor sie ihren Plan umsetzen kann.

Deswegen ist sie in den nächsten Tagen ständig gedanklich woanders, sie versucht, Santiago es so wenig wie nur möglich merken zu lassen, aber er fragt immer wieder, ob alles in Ordnung ist.

Sie spricht oft mit Franco und ihrer Mutter. Franco ist außer sich vor Wut. Er plant schon, wie genau er Milo angreifen kann, auch Santiago weiß darüber Bescheid, und während Catalina und ihre Mutter versuchen, dafür zu sorgen, dass sie noch

46

abwarten, sehen Franco und Santiago keine Chance mehr, dass es noch eine andere Lösung gibt.

Sie werden die Delgardos in Kolumbien angreifen.

Catalina muss handeln und zwar schnell.

Wenigstens verstehen die beiden, dass sie nicht wollen, dass wegen Milos Verhalten alle Männer der Delgardos mit denen sie jahrelang zusammengelebt haben, in Gefahr geraten, auch nicht Natia. Nun weiß Catalina ja, dass ihre Schwester und die anderen nichts von Elias' Tod wissen und sie denken, er wäre zu den Rojos und Catalina übergelaufen.

Sie müssen sich Zeit verschaffen; dass gehandelt werden muss, ist auch Catalina klar, nur nicht so, sie muss es anders machen und deswegen reitet sie am Sonntag wieder zur selben Zeit, mit klopfendem Herzen, aus.

Sie schaltet das Handy wieder an und wählt die Nummer und nach nur einem Klingeln nimmt Armando an, er hat auf sie gewartet.

»Catalina?« Sie ist erleichtert, seine Stimme zu hören.

»Ja, wie geht es dir? Hat alles geklappt?«

»Es ist nicht leicht zur Zeit, wir haben wieder einige Männer verloren, Bora er war einer unserer wichtigsten Männer gegen Milo, doch er ...«

Catalina schließt die Augen. Bora war der allergrößte Clown unter den Männern, er hat immer jeden zum Lachen gebracht, egal wie schlecht gelaunt man eigentlich war.

»Oh nein.«


»Milo schickt die Männer in andere Länder, er will mehr erreichen, Santiagos Männer haben ihn und drei andere getötet, als sie versucht haben, heimlich über die Grenze nach Ecuador zu kommen. Es heißt, Santiago hat Kolumbien und Venezuela überall absichern lassen, damit die Delgardos sich nicht weiter ausbreiten und er das alles im Griff hat. Franco soll ihn unterstützen, stimmt das?«

Catalina weiß davon nichts, sie weiß aber, dass Santiago ihr das auch nicht sagen würde, um sie nicht zu beunruhigen.

»Es kann sein, ich weiß es nicht. Ich weiß aber, dass alle unruhiger werden und wenn wir nicht bald handeln, sie Kolumbien und Venezuela überrennen. Ich will das auf jeden Fall verhindern, Armando. Ich möchte, dass die Delgardos weiterbestehen, dass unser Zuhause weiterlebt, nur mit der richtigen Führung, doch wenn wir nicht bald handeln, habe ich darauf keinen Einfluss mehr. Was ist mit den Männern?«

Armando räuspert sich.

»Ich habe alle angesprochen, die schon mit Elias zusammengearbeitet haben und sie alle sind noch dabei. Ich habe ihnen keine Details genannt, sie wissen nicht, dass wir Kontakt haben, ich möchte noch vorsichtig sein. Sie sagen, es gibt mehr Männer, die zu uns halten würden, aber ich möchte momentan kein Risiko eingehen und weitere einweihen. Die werden sich dann zum richtigen Zeitpunkt schon auf die richtige Seite stellen.«

Catalina nickt, auch wenn er das nicht sehen kann.

»Okay, ich möchte auch kein Risiko eingehen, ich möchte meinen Anspruch geltend machen und dass sich die Männer hinter mich stellen, sodass Milo alleine dasteht und überwältigt werden kann, ohne dass Blut vergossen wird. Zumindest so wenig wie möglich, doch ich weiß noch nicht genau, wie ich das machen soll.«

Es ist ganz leise bei Armando, er wird dafür gesorgt haben, dass niemand ihn stört.

»Elias hatte schon einen Plan, er wusste nur noch nicht, ob du auch mitmachst. Er wollte, dass du ein Interview für das kolumbianische Fernsehen gibst, darüber, wie es der Familia nach dem Tod deines Vaters geht und alles weitere. Am besten mit Zuzu, es soll in ganz Kolumbien ausgestrahlt werden.«

Sie wusste, dass Elias sicher schon einen Plan hatte.

»Dort solltest du auch erwähnen, dass du es nicht gut findest, wie es gerade in Kolumbien läuft und dass du deinen Platz als Anführerin der Familia als Alvaros Tochter zurückforderst.«

Catalina lässt sich das, was sie hört, durch den Kopf gehen. Sie könnte das Interview in Puerto Rico geben, es wäre ungefährlich.

»Milo wird ausrasten, wenn ich das mache.«

»Genau, und wir alle kennen ihn, dann macht er die meisten Fehler. Aber das Wichtigste ist, dass ganz Kolumbien weiß, dass du da bist und du all das beenden willst und die Führung übernehmen möchtest.«

Sie schließt einen Moment die Augen, während sie Armando zuhört. Sie weiß, dass es sein muss, doch was wird aus Santiago und ihr?

»Es wird in allen Köpfen sein und kurz danach kommst du dann mit gefälschtem Ausweis und versteckt zurück. Wir suchen dir einen sicheren Unterschlupf, und bis dahin hat sich solch eine Mauer hinter dir aufgebaut, dass Milo nichts mehr tun kann.«


Auch er zögert einen Moment, doch dann spricht er mit fester Stimme weiter.

»Es ist nicht gefährlich, wenn wir uns genau an die Schritte halten und aufpassen. Die Leute hier lieben dich, Catalina, und sie werden alles tun, um Milo wieder loszuwerden.«

Catalina atmet schwer ein. Sie weiß, dass sie was tun muss, doch sie wusste nicht wie. Jetzt gibt es einen Plan und er ist gut, das könnte wirklich funktionieren.

Elias wusste immer, was er tut, deswegen wäre er auch der perfekte Nachfolger ihres Vaters gewesen, doch genau wie Catalina wollte er diese Rolle niemals.

Sie muss an ihr letztes Treffen denken, als er zu Franco gekommen ist, um mit ihr darüber zu sprechen, dass sie eingreifen muss.

»Du bist die erstgeborene Delgardo. Auch wenn du eine Frau bist, hast eigentlich du das Vorrecht auf die Führung der Delgardos. Bei uns werden es fast immer die Männer, aber niemand schreibt das vor. Wenn du den Anspruch erhebst, kann Milo nichts sagen, er würde das sicher nicht hinnehmen, aber du hast alle Männer hinter dir, das hattest du immer, und du hast die Menschen Kolumbiens hinter dir, sie alle lieben dich, Catalina. Es werden immer mehr Stimmen laut, dass du diese Führung übernehmen solltest.«

Damals hätte sie sich das nicht vorstellen können, doch wenige Wochen haben alles geändert.

Das Leiden der Menschen in Kolumbien, der Zerfall der Delgardos, der Mord an Elias und einiges andere haben alles geändert.

Nun hat sie keine Wahl mehr, nicht, wenn sie noch etwas von dem retten will, was ihr Vater hinterlassen hat.

»Okay, so machen wir es!«

# Kapitel 5

»Zuzu, ich kann es nicht glauben. Wie oft haben wir uns Ihre Talkshow angesehen?«

Catalina schließt die Augen, als die Maskenbildnerin sie noch einmal abpudert.

Sie sind in einer luxuriösen Hotelsuite in San Juan und werden gleich ein Interview mit Zuzu machen. Es wird ein Live-Interview, so wie alle Interviews, die Zuzu gibt. Das ist das Besondere an ihr, deswegen wurde sie wahrscheinlich auch so bekannt in Kolumbien, jeder guckt ihre Interviews. Zuzu traut sich an alle Themen heran und sie lässt sich von niemandem etwas vorschreiben.

Deswegen lebt sie schon lange nicht mehr in Kolumbien, keiner weiß genau, wo sie lebt, da sie sich mit diesem Format nicht nur Freunde gemacht hat, doch sonst hätte sich sicher niemand an dieses Thema herangetraut. Seit zwei Tagen wird in ganz Kolumbien von diesem Interview gesprochen, es heißt, man habe die Witwe von Alvaro Delgardo eingeladen. Jeder geht von Sarita aus, keiner denkt an ihre Mutter und sie, keiner würde damit rechnen, dass sie zu alldem etwas zu sagen haben, doch das haben sie.

Es ist noch nicht einmal eine Woche her, dass sie mit Armando gesprochen hat. Sie hat die Nummer von Zuzus Agenten herausbekommen und ihn kontaktiert, sie waren so begeistert, dass das Interview allem anderen vorgezogen wurde, es hat nur wenige Tage gedauert, all das zu organisieren.

Catalina hat von vornherein gesagt, dass sie keine Einschränkungen hat, es können alle Fragen gestellt werden. Catalina wird ehrlich sein zu den Leuten in Kolumbien und schon jetzt hat sie genau verfolgen können, wie aufgeregt alle sind.

Es ist später Nachmittag und sie ist sich sicher, dass 90 % der Kolumbianer sich dieses Interview ansehen werden. Sie denken, es kommt Sarita, sie werden staunen, wenn Catalina und ihre Mutter zu sehen sind.

Am wichtigsten aber ist, dass Milo und die Delgardos das Interview sehen werden. Ihn will sie treffen, es wird ihr erster Schlag gegen ihn sein und sie wird stark ausholen, das hat sie sich fest vorgenommen.

Milo sieht sie als alles, aber nicht als seine Gegnerin und das wird dieses Interview ändern.

Ihre Mutter musste sie nicht überzeugen, sie war sofort begeistert von der Idee. Sie hat gesagt, dass Zuzu das Interview angefragt hat und das ist gar nicht so falsch, denn nach der Hochzeit mit Santiago hatte Zuzu schon einmal nach einem Interview gefragt, sie wollte mit Catalina darüber sprechen, ob ihr Vater sie wirklich verkauft hat, doch damals haben alle abgelehnt.

Santiago fand die Idee gar nicht gut, doch Catalina hat ihm erklärt, ihr sei es wichtig, die Menschen in Kolumbien wissen zu lassen, dass sie da sind, dass sie das, was Milo macht, nicht tolerieren und es nicht das ist, was ihr Vater gewollt hätte.

Er versteht, dass sie das Interview geben möchte, gut findet er es trotzdem nicht. Er hat das Hotel von seinen Männern absperren lassen und sie sichern hier alles ab. Santiago und Franco sind hier, sie werden aber nicht am Interview teilnehmen.

Catalina denkt nicht, dass die beiden einschätzen können, was dieses Interview für Wellen in Kolumbien schlagen wird.

Sie sieht in den Spiegel; Catalina hat sich sehr viel Mühe gegeben, sie will sich schön und siegessicher geben. Sie weiß, dass das Milo am allermeisten treffen wird, und momentan hat sie

54

nur diese Möglichkeit, ihn zu verletzten und sich für Elias zu rächen und das wird sie richtig tun. Ihren ersten Schlag wird er nicht vergessen.

Ihre Haut ist hell geschminkt, ihre Augen betont, sie trägt Lipgloss, eine helle Bluse und eine enge, dunkelblaue Hose. Ihre Haare fallen in weichen Wellen an ihr hinab und sie fühlt sich gut. Auch ihre Mutter ist hübsch zurechtgemacht, sie wird auch interviewt, auch sie sagt, dass sie nur die Wahrheit sagen wird, und auch sie wollte dieses Interview sofort, sie hat es satt zu schweigen, sie musste immer schweigen und nun ist sie endlich in der Position, das nicht mehr machen zu müssen.

Auch sie sieht zufrieden in den Spiegel.

Ihre Mutter war schon immer hübsch, doch jetzt, in den letzten Wochen hat sie zwar eine Menge Schmerzen und Schicksalsschläge verkraftet, aber trotzdem sieht man ihr an, dass ihr neues Leben, ihr neues freibestimmtes Leben bei Franco ihr guttut.

Sie trägt ein weißes T-Shirt und einen weißen Rock, der ihr bis zu den Knien geht und unten mit schönen dunkelblauen Stickereien verziert ist. Auch die Leute vom Fernsehen, das Team von Zuzu ist aufgeregt, sie alle sind Kolumbianer, sie alle wissen, wer heute mit Zuzu vor der Kamera steht und auch, dass niemand aus Kolumbien damit rechnet.

Alle sind sehr nett und vorsichtig im Umgang mit ihnen. Auch Zuzu wird gerade zurechtgemacht, sie haben sie schon kurz gesehen und mit ihr gesprochen, doch da das alles so spontan war, haben sie ein wenig Zeitdruck und besonders jetzt in den letzten Minuten wird es hektisch.

Ihnen werden Mikrofone angesteckt und Zuzu setzt sich auf den Stuhl. Sie haben eine kleine Kulisse mit Lichtern aufgebaut. Drei gemütliche Sessel um einen kleinen Tisch herum. Frische

Blumen, Kekse und Getränke liegen bereit. Es soll vertraut und heimisch wirken.

Zuzu passt mit ihren langen grauen Haaren und der dunklen Haut perfekt in das Bild. Sie ist schon um einiges älter als ihre Mutter. Man sieht ihr ihren Mut und die Neugierde auf die Wahrheit hinter einer Schlagzeile an und genau deswegen lieben alle Kolumbianer sie; auch wenn diese Sendung in ganz Lateinamerika ausgestrahlt wird, ist sie in Kolumbien am beliebtesten.

Catalina sieht zu Santiago und Franco, die etwas weiter abseits auf zwei anderen Sesseln sitzen, etwas trinken und alles im Blick behalten.

Als sie Santiago in die Augen blickt, hofft sie, dass er darin ihre Liebe erkennt und dass sie ihn mit dem was sie vorhat nicht verletzt, sie möchte sich nicht gegen ihn stellen, auch wenn sie ihn nicht in alles einweihen kann.

»Guten Nachmittag, Lateinamerika. Ich bin dankbar, dass ihr alle heute wieder ein Teil meiner Sendung werdet und dass ihr genau wie ich daran interessiert seid, die Wahrheit zu erfahren und Geschichten zu hören, die ihr so niemals vermutet habt.«

Sie lächelt gekonnt in die Kamera.

„Ich habe die Schlagzeilen der letzten Wochen mitbekommen und die Vermutungen, die sich aufgebaut haben. Ich verfolge die Geschichte der Delgardos ja schon lange und bisher hatte ich oft probiert, Alvaro Delgardo zu interviewen, doch nun geht das leider nicht mehr. Seit seinem Tod hat sich vieles verändert, und darüber und über einiges mehr werde ich mit seiner Ehefrau Valentina Delgardo und seiner ältesten Tochter Catalina sprechen.«

Catalina atmet durch und tritt mit ihrer Mutter zu Zuzu, sie begrüßen sie noch einmal und setzen sich dann, wohl bewusst, dass nun ganz Kolumbien und der größte Teil Lateinamerikas auf sie blickt.

Zuzu lehnt sich zurück und lächelt.

»Valentina, Catalina, ich bin froh, dass ihr euch dazu entschlossen habt, mit mir zu sprechen und euch somit auch an das kolumbianische Volk zu wenden. Keine von euch beiden lebt zur Zeit in Kolumbien, wie geht es euch damit? Fehlt euch Kolumbien?«

Dieses Interview wird nicht leicht. Jedes Wort von ihnen wird gedeutet und gehört und sie wissen, dass sie schnell jemanden verletzen können, darüber haben ihre Mutter und sie gestern Nacht noch lange gesprochen, deswegen weiß Catalina auch, dass ihre Mutter weiß, was sie tut, als sie lächelt und antwortet.

»Natürlich, sehr. Es ist unsere Heimat, doch leider ist es momentan nicht möglich, dahin zu reisen, was uns natürlich sehr wehtut. Trotzdem haben wir auch außerhalb von Kolumbien Menschen um uns herum, die uns lieben und denen wir vertrauen und uns geht es sehr gut. Doch wir sind Kolumbianer und dieser Teil fehlt uns natürlich.«

Zuzu nickt. »Ich verstehe euch, mir geht das oft genauso. Catalina, besonders über dich wurde die letzten Monate und Wochen viel berichtet und gesprochen. Erst deine Hochzeit mit Santiago Rojo, etwas, was ganz Kolumbien deinem Vater übel genommen hat und dann deine Trauer um deinen Vater, die jeder sehen konnte, trotz allem, was er dir zuvor zugemutet hat. Jetzt ist es ruhiger geworden und im Grunde bist du nun eine freie Frau, die selbst entscheiden kann. Was hat sich geändert?«

Catalina atmet unmerklich ein, sie weiß, dass sie sicher und stark wirken muss, auch wenn sie aufgeregt ist, sie spürt die Blicke der Millionen Menschen auf sich und vor allem Milos Blick.

Sie würde am liebsten in die Kamera springen und ihm die Augen auskratzen, doch sie weiß, dass das hier noch viel verletzender für ihn ist. Deswegen lächelt sie.

»Wenn man mein Leben mit dem vor einem Jahr vergleicht, hat sich alles geändert, wirklich alles. Ich musste meine Heimat verlassen, was alles war, was ich kannte. Meine Familie und die Familia zurücklassen und mit einem Mann leben, den ich nicht kannte und der nicht gerade … begeistert von den Delgardos war.«

Zuzu muss leise auflachen, auch ihre Mutter schmunzelt. »Das hat sich geändert, ich konnte Sie beide beobachten und Sie gehen sehr liebevoll miteinander um.« Catalina sieht einen Moment zu Santiago und dann wieder zu Zuzu und der Kamera.

»Ja, ich denke, meinem Vater war das damals gar nicht bewusst, doch der Alptraum, in den ich dachte zu kommen, hat sich gar nicht als Alptraum herausgestellt, im Gegenteil. Ich habe einen wichtigen Menschen in meinem Leben kennengelernt, der jetzt eine meiner größten Stützen ist.«

Zuzu lächelt.

»Das hört sich ja fast wie in einem Film an. Aus einer Ehe zum Zweck wird wahre Liebe. Trotzdem waren sie sauer auf ihren Vater?«

Catalina räuspert sich leise.

»Natürlich und das nicht nur deswegen. Es gibt viele Punkte, die zwischen uns standen. Mein Vater war kein einfacher Mann, er hatte immer das Wohl seiner Familia und Kolumbiens vor Augen und hat deswegen oft Dinge getan, die wir nicht gut geheißen haben und mit denen wir auch bis heute nicht einverstanden sind. Ich denke aber auch, dass das alle Familien kennen, vielleicht nicht in solchen Ausmaßen wie bei uns, doch kennen tun das, denke ich, alle.«

Zuzu nickt.

»Valentina, auch du musstest in Kolumbien viel ertragen. Ich denke, keine kolumbianische Frau hat damals nicht mit dir gelitten, als sich dein Mann seine Geliebte ins Haus geholt hat und mit ihr Kinder bekommen hat. Ich weiß noch, wie sehr meine Mutter ihn dafür verflucht hat.«

Oh je, Catalina kann nur hoffen, dass ihre Mutter jetzt die Nerven behält.

»Oh, das wird sie sicherlich nicht so sehr, wie ich es damals getan hat, doch ich denke, jede Mutter versteht, dass ich damals alles ausgeschaltet habe und für meine Töchter stark geblieben bin.«

Zuzu nimmt einen Schluck Wasser.

»Sehr stark, wirklich beneidenswert. Du hast wahre Größe gezeigt. Deine eine Tochter sitzt nun neben dir. Schön und glücklich wie sicherlich lange nicht mehr, doch es sind nicht all deine Töchter zur Zeit an deiner Seite.«

Auch wenn sie weiß, dass jedes Wort und jede Bewegung von ihr gedeutet werden wird, kann Catalina nicht anders und senkt einen Moment ihren Blick: Natia, sie hatte gehofft, dass das Gespräch nicht auf sie kommt, auch wenn sie es sich gedacht hat.

Ihrer Mutter treten Tränen in die Augen und Catalina sieht ihren Plan schon davonschwimmen, doch dann redet ihre Mutter mit fester Stimme weiter.

»Ja, es ist so. Wir haben versucht, Natia zu helfen, wir wollten sie da rausholen, haben ihr oft unsere Hände hingestreckt, doch sie hat sie weggeschlagen. Irgendwann haben wir uns zurückgezogen, manchmal kann man jemandem nur dann helfen, wenn er es wirklich will. Wir hatten keine Möglichkeit, an Natia ranzukommen und nun haben wir keinen Kontakt mehr, doch wir wollen, dass sie weiß, dass unsere Arme immer für sie geöffnet sein werden und wir immer für sie da sind.«

Zuzu setzt ihre Brille ab.

»Das bedeutet, dass sie Milo als neuen Schwiegersohn und neuen Anführer der Delgardos nicht … für gut befinden. Hat ihr Mann auch da einen Fehler begangen?«

Nun ist Catalina dran, ihr Herz schlägt schneller und sie antwortet anstelle ihrer Mutter.

»Die Leute können über meinen Vater denken und reden was sie wollen. Für ihn stand die Familia und Kolumbien immer an erster Stelle. Wenn er jetzt sehen könnte, was gerade dort passiert, würde er all das, was er aus falschem Vertrauen vielleicht einmal entschieden hat, rückgängig machen.«

Einige im Raum atmen leicht auf, sie weiß, wie scharf ihre Worte sind und dass man hört, wie ernst sie diese Worte meint.

»Wir hören in letzter Zeit immer wieder beunruhigende Sachen rund um die Delgardos: Bestätigt ihr also hiermit, dass dort einiges falsch läuft?«

Mehr als das. Catalina antwortet weiter.

»Wir bestätigen das absolut. Mein Vater wurde nicht von irgendjemandem umgebracht. Ich bin mir absolut sicher, dass Milo dahintersteckt. Er hatte keine Lust mehr zu warten, bis er an die Macht kommt, niemand anderes hätte es geschafft, meinen Vater reinzulegen, niemand außer eine Person, der er leider viel zu viel vertraut hat.«

Plötzlich sprudelt alles aus Catalina heraus.

»Vor einigen Tagen haben wir als Bestätigung dafür, wie krank Milo ist, auch noch den Kopf von einem der besten

Männer und meinem besten Freund Elias geschickt bekommen. Milo schreckt vor gar nichts zurück, er hat einen seiner engsten Vertrauten getötet und ich bezweifle, dass die Männer der Delgardos wirklich wissen, was Milo alles macht und plant. Es wird Zeit, dass er gestoppt wird.«

Catalina hört, dass Santiago sich räuspert, vielleicht um ihre Aufmerksamkeit zu bekommen, doch sie kann das jetzt nicht mehr stoppen und sie sieht auf der Uhr, die ihnen anzeigt, wie viel Zeit sie noch haben und dass es nicht mehr viel ist. Die Interviews werden auch Sicherheitsgründen und weil sie live sind, immer relativ kurz gehalten.

»Also möchtest du Milo, den neuen Anführer der Delgardos stürzen?«

Catalina lacht bitter auf.

»Milo ist kein neuer Anführer. Er ist noch immer der kleine eingeschnappte Junge, den mein Vater damals fluchend verjagt hat, wenn er Unsinn angestellt hat. Es war sein größter Fehler zu glauben, dass er jemals die Größe besitzt, sein Werk weiterzuführen. Alles, was da unten gerade passiert, würde mein Vater niemals tolerieren oder erlauben. Das ist nicht das, wofür die Delgardos stehen, das ist nicht das, für das mein Vater stand und es ist erst recht nicht das, für das Kolumbien steht.«

Ihre Stimme war noch niemals so fest und sicher.

»Mein Vater hat einen Fehler gemacht und es wird Zeit, diesen Fehler wieder gutzumachen. Milo hat kein Recht auf den Platz des Anführers, er ist nicht einmal von unserem Blut und das merkt man in jeder einzelnen dummen Entscheidung, die er fällt. Er tötet unsere Männer, er bricht Verträge und ihn treibt der Größenwahn. Kolumbien weint um meinen Vater und diese Tränen werden nicht versiegen, solange nicht endlich wieder Ruhe einkehrt.«

Auch Zuzu hat damit wohl nicht gerechnet.

»Das finde ich … also ich denke, du sprichst da vielen aus dem Herzen, Catalina, doch was denkst du, kann man nun tun?«

Catalina sieht nun direkt in die Kamera.

»Ich bin Alvaros erstgeborene Tochter und ich kann nicht damit leben, wie es meiner Familia und Kolumbien geht. Ich habe als Einzige das Recht auf den Platz meines Vaters. Ich werde diese Aufgabe erfüllen: Ich bin keine Anführerin, bestimmt nicht, doch garantiert mehr, als Milo es jemals sein wird.«

Sie hört das leise Raunen und auch ein leises Auffluchen, doch nun kann sie all das nicht mehr stoppen.

»Ich bin es der Familia und Kolumbien schuldig, zurückzukehren und dafür zu sorgen, dass die Verbrecher, die sich jetzt da rumtreiben, verschwinden und das fortsetzen, was mein Vater begonnen hat: Frieden zu schließen und Kolumbien zu mehr Wohlstand zu verhelfen, es wird Zeit, dass die Menschen in Kolumbien wieder richtig durchatmen können und dieser ganze Alptraum beendet wird.«

Catalinas Herz rast.

»Cut! Die Übertragung ist zu Ende! Das waren beeindruckende Schlussworte!«

Der Mann hinter der Kamera schaltet das große Licht aus, es ist ganz still. Catalina spürt den Blick ihrer Mutter und Zuzus auf sich.

Sie weiß, was sie da gesagt und getan hat, es fühlt sich gut an, auch wenn sie weiß, dass nicht alle das richtig finden, fühlt es sich so an.

Eine kleine Weile sagt niemand etwas und Catalina traut sich nicht einmal, in Santiagos Richtung zu sehen, doch auch wenn es schwer ist, sie weiß, dass sie das Richtige getan hat.

# Kapitel 6

Als Catalina am Abend nach Hause kommt, ist sie erleichtert, dieses Interview und diesen wichtigen Schritt hinter sich zu haben, auch wenn sie ahnt, dass sie nun ein ganz anderes Problem erwartet.

Santiago wusste nicht, was sie vorhatte.

Keiner wusste, dass sie in diesem Interview ihren Anspruch auf die Anführerrolle einfordern wird. Sie hat alle damit überrascht.

Nachdem die Kamera abgeschaltet wurde, hat ihre Mutter sie als Erste gefragt, wieso sie das getan hat, doch sie konnten nicht weiter darüber sprechen. Zuzu hat sich noch einmal mit ihnen zusammengesetzt. Santiago hat nicht ein Wort mit Catalina gesprochen und dann war er plötzlich weg.

Franco hat gesagt, dass er einen Termin hat, doch Catalina konnte Santiago ansehen, wie sauer er war. Sie wollte und will ihn nicht verletzen, niemals, doch sie hat geahnt, dass sie es nicht verhindern kann.

Zuzu und ihre Mitarbeiter waren vom Verlauf des Gespräches auch überrascht, doch sie finden Catalinas Gedanken und ihre Einstellung gut, sie wissen, wie schlimm es gerade unter Milos Herrschaft für Kolumbien steht.

Auch Franco hat sich zurückgehalten, während Catalina und ihre Mutter zusammen mit dem Team die ersten Reaktionen abgewartet haben, die sehr schnell kamen.

Alle reagieren. Die Fernsehsender, die Radiosender, alle berichten darüber, egal was ist, Milo wird Catalinas Nachricht erhalten. Auch ihr Handy steht nicht mehr still. Sie hat noch immer ihre alte Nummer und es hört nicht auf zu klingeln.

Anabel ruft an, Nola, Santiagos Mutter, auch einige unbekannte Nummern, und Catalina ahnt sofort, wer es ist. Sie beantwortet keinen dieser Anrufe, sondern sieht sich weiter mit ihrer Mutter und Zuzu die Nachrichten aus Kolumbien an und wie das Emailfach der Redaktion um Zuzu überquillt.

Catalina wusste, dass Reaktionen kommen werden, doch sie hat nicht damit gerechnet, was sich allein in der ersten Stunde nach Ausstrahlung alles tun würde.

Ihr steigen Tränen in die Augen, als sie die Emails liest. Sie kommen größtenteils aus Kolumbien, alle freuen sich, wieder etwas von Catalina und Valentina zu hören und sie bitten Catalina, alles in ihrer Macht stehende dafür zu tun, dass sich die Situation in Kolumbien ändert.

Sie erfahren, dass Milo den Bauern und Ladenbesitzern fast doppelt so viel abnimmt, wie ihr Vater das getan hat. Viele Familien kommen nicht mehr über die Runden, sie sind gezwungen zu betrügen und wenn sie dabei erwischt werden, sind die Strafen hart. Sehr hart.

Sie bekommen Bilder von einer abgetrennten Hand zugeschickt. Eine der Strafen, die ein Bauer bekommen hat, weil er zwei Wagenladungen an Milo vorbeischmuggeln wollte. Je mehr Catalina erfährt, umso sicherer ist sie, das Richtige getan zu haben.

Nach einer Stunde musste das Team aufbrechen, auch sie müssen gewisse Sicherheitsvorkehrungen einhalten. Marco und ein weiterer Mann sind bei Catalina, Franco und ihrer Mutter geblieben, als sie sich danach auf den Weg zum Flughafen gemacht haben.

Ihre Mutter und Franco fliegen direkt zurück nach Guatemala. Franco vertraut seinen eigenen Männern am meisten. Erst da hat ihr Patenonkel auch richtig mit ihr gesprochen.

Er findet es nicht gut, was Catalina getan hat und auch nicht, was sie vorhat. Zwar erzählt sie ihm noch immer nichts Genaues, schon gar nicht, dass sie Kontakt zu Armando hat, doch er kann sich denken, dass all das nicht einfach so entstanden ist.

Franco und ihre Mutter reden auf sie ein, sich genau zu überlegen, was sie tut und was sie sich vornimmt. Franco denkt, dass sie nicht weiß, was sie mit dieser Aktion alles freigesetzt hat, doch Catalina ist sich dessen völlig bewusst.

Keiner fühlt sich besser oder beruhigter, als das Flugzeug von Franco abhebt. Catalina verspricht, mit ihnen zu reden, bevor sie etwas unternimmt, doch als sie zusieht, wie der Flieger in den Sonnenuntergang eintaucht, fühlt sie sich so zwiegespalten wie selten zuvor.

Zum einen weiß sie, dass sie alles richtig gemacht hat und auf dem richtigen Weg ist. Die Emails und Reaktionen zeigen es ihr. Sie kann ihre Augen nicht vor dem verschließen, was sich in Kolumbien abspielt, besonders nicht, wenn sie die Macht hat, das zu stoppen.

Andererseits möchte sie niemanden verletzen, niemanden in etwas mit hineinziehen und natürlich auch niemals das, was sie mit Santiago hier hat, aufgeben oder gefährden.

Sie schaltet ihr Handy irgendwann wegen all der Nachrichten und Anrufe ab, nur hin und wieder schaltet sie es an, um nachzusehen, ob Santiago sich meldet, was er aber nicht tut und das zeigt ihr, dass er sehr sauer ist.

Sie haben immer Kontakt und Santiago wäre normalerweise niemals gegangen, ohne ihr zu sagen, wann und wo sie sich sehen oder was genau er macht. Doch er war offenbar so sauer, dass er einfach gegangen ist. Auch Marco sagt, dass er nicht genau weiß, wo Santiago ist. Als Catalina ihn fragt, ob er denkt, dass Santiago sauer ist, antwortet er ihr nicht, doch sein Blick sagt alles aus.

Deswegen hat Catalina auch richtige Bauchschmerzen, als sie am Abend zu ihnen nach Hause kommt.

Sie hat Santiago geschrieben und gefragt, ob sie sich zu Hause treffen, doch er hat die Nachricht nicht gelesen.

Sie hatten schon Streit, doch seitdem sie sich wirklich aus Liebe füreinander entschieden haben nicht mehr.

Es gibt keinen Grund, sie verstehen sich sehr gut, Catalina hat das Gefühl, die Liebe und das Vertrauen zwischen ihnen wächst von Tag zu Tag. Sie haben bisher immer alles miteinander besprochen, bis Catalina sich entschieden hat, für Kolumbien und die Delgardos zu kämpfen.

Als sie jetzt die Haustür schließt, brennt nur in der Küche Licht.

»Santiago?«

Catalina geht überall nachsehen, doch Santiago ist nicht da. Er war offenbar da, er hat sich umgezogen, doch jetzt ist er weg und es liegt auch nirgendwo eine Nachricht für sie. Catalina setzt sich auf die Couch und schaltet ihr Handy ein und auch gleichzeitig den Fernseher.

Sie ruft ihn an, doch Santiago nimmt nicht ab.

Catalina lässt ihr Handy an. Auch wenn sie versteht, dass er sauer ist und sich vielleicht erst ein wenig abregen muss, so kann er doch wenigstens auf ihre Nachrichten reagieren.

Statt nach den kolumbianischen Sendern zu suchen, sieht sie sich erst einmal das Programm aus Puerto Rico an und ist froh, dass da nichts weiter zu sehen ist.

Sie geht in die Küche und wärmt sich das Essen auf; als dann die Nachrichten laufen, sieht sie plötzlich doch Ausschnitte aus dem Interview, darüber wird ein Bild von Santiago und ihr von der Hochzeit eingeblendet.

'Santiago Rojos Frau versendet Kriegsbotschaften.'

Catalina seufzt leise auf. Oh nein. Sie geht zurück zur Couch. Das wollte sie natürlich nicht erreichen.

Die Reporter sagen, man hätte den Eindruck, Catalina wolle sich nun aktiv an den Handlungen der Rojos beteiligen und machen sich irgendwie auch ein wenig darüber lustig. Vielleicht versteht man hier den Ernst der Lage in Kolumbien nicht, damit, dass all das hier in Puerto Rico so negativ ankommt, hätte sie nicht gerechnet.

Sie schaltet um, und auf den anderen Sendern ist die Berichterstattung zum Glück gleich wieder anders. Auf allen Sendern aus Lateinamerika ist das Interview ein großes Thema.

Ihre Mutter und sie werden gelobt dafür, den Mut zu haben, alldem die Stirn zu bieten und ihr Vater wird fast als Held angepriesen. Das sollte auch nicht sein, er war kein Held, doch er war besser als alles, was Milo jetzt macht und darstellt.

Catalina isst und lehnt sich zurück, sie versucht klar zu denken, nennt sich immer wieder die Gründe, wieso sie das tut und doch fühlt es sich von Minute zu Minute schlechter an, als Santiago nicht kommt.

Sie ist müde. Die Anspannung der letzten Tage besonders vor dem Interview sind abgefallen, auch wenn noch nicht alles geklärt ist, und ihr Körper will den Schlaf nachholen, den sie in den letzten Nächten nicht bekommen hat.

Sie schläft fast ein, als plötzlich die Haustür ins Schloss fällt und sie aufspringt.

Im nächsten Moment steht Santiago im Wohnbereich und sieht sie an. Er ist noch immer wütend. Das hat nichts mit dem warmen Blick zu tun, den er ihr sonst immer schenkt.

Catalina sieht ihm in sein mittlerweile so vertrautes Gesicht, sie liebt jedes Detail, doch diese wütenden Augen wirken trotzdem befremdlich auf sie.

»Wo warst du? Wieso reagierst du nicht auf meine Anrufe?«

Catalina versucht, gelassen und ruhig zu wirken. Er zieht sich seine Waffe aus der hinteren Hosentasche und legt sie auf das Sideboard.

»Ich hatte gedacht, dass wir jetzt nicht mehr alles miteinander besprechen. Zumindest scheinst du das gerade so zu handhaben.« Catalina geht näher zu ihm.

»Hast du getrunken?« Er sieht müde aus und man riecht, dass er nicht mehr ganz nüchtern ist. Statt zu antworten, sieht er ihr nur in die Augen und lacht auf.

Okay, er ist wirklich sauer. Sie muss einlenken, sie weiß ja, dass es ihre Schuld ist.

»Hör zu, Santiago, ich weiß, dass ich das alles vielleicht vorher genauer mit dir hätte absprechen müssen, aber du musst doch auch verstehen, dass alles, was ich da gesagt habe, einfach nur die Wahrheit ist. Ich kann Milo nicht alles zerstören lassen, was mein Vater aufgebaut hat. Ich kann die Menschen in Kolumbien nicht im Stich lassen. Nach der Sendung kamen so viele Nachrichten, die Leute ...«

Santiago hebt die Hand.

»Die Leute? Hast du dir auch nur einmal die Frage gestellt, was das alles für uns bedeutet? Weißt du, was hier die letzten Wochen los war? Wie stark ich die Sicherheitsvorkehrungen anheben musste? Wie oft meine Männer Milos Leute aufhalten mussten?«

Er wird immer lauter. »Hast du darüber nachgedacht, bevor du gehandelt hast? Bedacht, dass das bedeutet, dass meine Männer noch mehr aufpassen müssen, dass ich mehr Männer einsetzen muss, obwohl ich sie für andere Sachen brauche? Dass ich für das, was du tust, das Leben meiner Männer aufs Spiel setze, Catalina, also denkst du nicht, du hättest das vorher mit mir besprechen müssen?«

Catalina sieht zu Boden, als er sie anschreit, er ist sauer, doch sie hat unterschätzt, wie sauer er ist.

»Nein, um ehrlich zu sein ... habe ich das nicht. Ich verlange das doch auch gar nicht und ich möchte auch nicht, dass einer deiner Männer für mich ...«

Santiago geht an den Kühlschrank und nimmt sich eine Flasche der alkoholischen kleinen Flaschen, die dort auch gekühlt werden, obwohl er offensichtlich mehr als genug hatte.

»Oh nein? Was erwartest du dann? Dass ich das alles ignoriere? Dass ich Milos Männer herkommen lasse und dich denen überlasse? Was genau denkst du macht Milo mit dir, wenn er dich jetzt in die Hände bekommt? Jetzt. Nachdem du ihn vor aller Welt lächerlich gemacht hast. Hast du daran gedacht, dass er dich jetzt jagen wird? Er wird verhindern wollen, dass ihr noch einmal redet, glaub mir, das wird Konsequenzen haben.«

Einen Moment hat Catalina die Worte auf der Zunge, sie will ihm sagen, dass das hier nur ein Teil eines Planes ist, doch sie kann es nicht.

»Weißt du, mir ist das egal. Mir ist egal, was du über Milo sagst, doch deine Mutter und du, ihr lasst Franco und mich ja auch nicht handeln. Wir wären schon längst unten und hätten alles dem Erdboden gleich gemacht. Das ist die einfachste Lösung ...«

Catalina unterbricht ihn und dieses Mal wird sie auch lauter.

»Und das ist deine Lösung? Alle Männer zu töten, mit denen ich aufgewachsen bin? Du bist doch auch nicht ehrlich zu mir, Santiago, du hast mir nichts davon gesagt, dass Milo Männer geschickt hat, wieso sagst du mir das nicht? Einer der Männer, die dabei ihr Leben gelassen haben, war Bora, er soll bei der Grenze nach Ecuador von deinen Männern getötet worden sein.«

Sie sieht ihrem Mann fest in die Augen. »Ich habe ihn geliebt, Santiago, verstehst du das? Geliebt wie einen Bruder, er hat mir tausend Mal die Tränen von den Wangen gewischt und mich zum Lachen gebracht. Ich weiß, dass du nicht anders handeln kannst, doch es … ich bekomme kaum Luft, wenn ich daran denke, dass durch deine Hände die Männer, die ich liebe, sterben, Santiago. Ich möchte doch nur eine andere Lösung finden, etwas …«

Santiago hat einen Schluck genommen und schleudert nun mit voller Kraft die Flasche an die Terrassentür, die durch die Wucht in tausend Scherben zerfällt. Es knallt fürchterlich und Catalina zuckt zusammen.

»Und das willst du durch eine Talkshow erreichen, Catalina? Hast du keine besseren Einfälle? Da kommst du nicht nach deinem Vater. Ich habe mir geschworen, mir von keinem Delgardo auf der Nase herumtanzen zu lassen und das werde ich auch jetzt nicht tun. Ich dachte, dass wir dieses ganze verdammte Delgardo-Thema mit der Hochzeit hinter uns gelassen hätten. Du solltest nicht mehr als Tochter von Alvaro handeln, sondern als meine Frau!«

Catalina schluckt schwer.

»Wenn ich noch einen Schritt von Milo sehe, der mir nicht passt, bin ich in Kolumbien. Es ist mir egal, was du davon hältst.«

Santiago dreht sich um, und so schnell er gekommen ist, so schnell verlässt er das Haus wieder, aber nicht, ohne die Haustür noch einmal laut zuzuschlagen.

72

Catalina sieht ihm hinterher, auf die kaputte Scheibe und die vielen Scherben und wischt sich die Tränen aus dem Gesicht. Sie legt den Kopf in den Nacken und würde am liebsten laut losschreien, doch sie setzt sich auf die Couch und sackt müde und enttäuscht zusammen.

Was passiert hier gerade? Wieso entgleitet ihr alles?

Das Nächste, was Catalina wieder richtig wahrnimmt, sind Sonnenstrahlen, die sie dazu bringen, die Augen zu öffnen.

Sie liegt auf der Couch, neben ihr das Handy, es ist Mittag.

»Santiago?«

Catalina steht auf und will nach oben, nachsehen, ob er nach Hause gekommen ist, doch bevor sie überhaupt in den Flur treten kann, öffnet sich die Haustür und Santiagos Vater tritt ein.

Sie sind nie richtig warm geworden, doch er akzeptiert sie mittlerweile. Zumindest hatte sie das Gefühl, als er sie nun jedoch von oben bis unten ansieht und ihr deutet sich zu setzen, ist sie sich da nicht mehr so sicher.

»Ich weiß nicht, ob Santiago da ist, ich wollte gerade ...«

Der Vater tritt an ihr vorbei in die Küche.

»Er ist nicht da. Er ist vor einigen Minuten nach Costa Rica abgeflogen. Brauchst du einen Kaffee?«

Catalina nickt. Es ist ihr unangenehm, dass er die Scherben, die zerbrochene Flasche und all das Chaos hier sieht, sie hätte das gestern noch wegmachen sollen, doch sie ist über ihre Tränen eingeschlafen.

»Ich habe dein Interview gesehen.« Santiagos Vater schaltet die Kaffeemaschine ein und Catalina reibt sich die Stirn. All das war einfach zu viel für sie, ihr Kopf pocht vor Schmerzen, sie spürt eine ätzende Bitterkeit auf der Zunge.

»Bevor auch du mich deswegen angreifst: Ich liebe Santiago. Ich liebe ihn von ganzem Herzen und ich will und wollte ihn niemals verletzen oder ihm wehtun oder in den Rücken fallen.« Sie sieht hoch und direkt in seine dunkle Augen, die ruhig auf ihr liegen.

Er gießt ihr den Kaffee ein, reicht ihr die warme Tasse und nickt.

»Ich weiß. Und ich weiß auch, dass mein Sohn dich über alles liebt. Er selbst hat mir vor einigen Tagen gesagt, dass er nicht geahnt hat, dass man jemanden so lieben kann und dass es vielleicht das Einzige ist, was auch ihm ein wenig Angst macht.«

Catalina trinkt einen Schluck und hört weiter zu.

»Wir wissen beide, dass sich all das anders entwickelt hat, als es ursprünglich geplant war. Einiges hat sich geändert, doch ich denke, dass Santiago und auch du gerade mit alldem überfordert seid. Denn auch wenn diese Liebe zwischen euch entstanden ist, ändert es nichts daran, dass es weiter die Rojos und die Delgardos gibt und vor diesem Problem steht ihr nun.«

Auch wenn ihr Kopf schmerzt, versucht sie genau zuzuhören.

»Es ist nicht leicht, mit dieser Liebe im Kopf klare Entscheidungen zu treffen und ich muss dir ganz ehrlich sagen, dass all das Chaos, was gerade in Kolumbien herrscht, und die Art, wie du deswegen leidest und da mit involviert bist, nicht gut für Santiago ist.«

Catalina setzt an etwas zu sagen, doch sein Vater deutet ihr, dass er noch nicht fertig ist.

»Du warst mit dem was passiert ist beschäftigt, Catalina, und hast gar nicht mitbekommen, wie viel sich Santiago deswegen hat ablenken lassen. Ihm sind zwei wichtige Geschäfte durch die Finger geglitten und er ist um ein Haar angeschossen worden, weil er nicht genug Männer dabei hatte, da er sie zu deinem Schutz einsetzen musste und weil seine Konzentration einfach nicht so ist wie sonst auch. Niemand konnte Santiago gefährlich werden, bis er diese tiefe Liebe zu dir entwickelt hat.«

Sie senkt ihren Blick. »Jetzt hat er einen schwachen Punkt und der wird sichtbar, und wir müssen dafür sorgen, dass ihm das nicht zum Verhängnis wird. Es ist gut, dass er jetzt nach Costa Rica mitgeflogen ist. Er muss wieder einen klaren Kopf bekommen. Ihr beide müsst das. Du musst wirklich verstehen, dass an alldem so viel mehr hängt, als du vielleicht bisher bedacht hast.«

Catalina kann nicht verhindern, dass ihr wieder die Tränen in die Augen steigen. Sie hat nicht geahnt, dass Santiago all das so sehr einnimmt, es ihn sogar gefährdet, weil er wegen ihr und ihrer Probleme nicht mehr bei der Sache und zu unkonzentriert ist.

»Ich wollte ihn da niemals mit hineinziehen, wirklich nicht. Und ich wünschte mir nichts sehnlicher, als dass ich all das weit von mir schieben kann und einfach hier an Santiagos Seite glücklich werden kann, doch ich sehe, was in Kolumbien passiert. Ich weiß, was Milo alles getan hat und was er noch tun wird und ich bin die einzige Person, die das alles aufhalten kann, ohne dass viele Menschen sterben, die ich liebe. Ich weiß nicht, ob ich jemals glücklich werden kann, wenn ich nicht einmal versucht habe, etwas zu tun. Wenn ich all diese Last ein Leben lang mit mir trage und mich frage, was ich hätte ändern können, doch ich will Santiago, Franco und alle anderen nicht verletzen.«

Er lächelt und nickt.

»Als ich mir euer Interview angesehen habe, wusste ich, dass deine Mutter und du jetzt an dem Punkt seid, wo ihr vielleicht das erste Mal deinen Vater richtig versteht. Glaub mir, das Letzte, was ich möchte, ist es, ihn in Schutz zu nehmen, doch vielleicht erkennst du jetzt, dass es halt doch nicht so einfach ist, sich immer für die Familie und die Liebe zu entscheiden. Eine Familia zu führen bedeutet, für so viel verantwortlich zu sein. Für so viele Leben und Schicksale, manchmal muss man sein eigenes Glück hinten anstellen, um dafür zu sorgen, dass die Familia lebt und überlebt, auch wenn es einem wehtut. Das bedeutet es, als Familia zu denken und ein Anführer zu sein. Niemand hat gesagt, dass das leicht ist.«

Er steht auf und sieht ihr noch einmal in die Augen.

»Ich bin mir sicher, dass ihr beide diese paar Tage Ruhe braucht. Sammelt euch und redet dann noch einmal miteinander. Du solltest auch noch einmal alles genau überdenken, was die Delgardos betrifft. Ich kenne Santiago, er wird nach seiner Rückkehr Milo angreifen, ich weiß, dass seine Geduld vorbei ist. Vielleicht ist es an der Zeit, auch wenn es schwer fällt, dieses Kapitel in deinem Leben zu schließen.«

Er wendet sich zum Gehen und Catalina atmet tief ein.

»Könntest du das? Die Rojos aufgeben und sie vernichten lassen, auch, wenn du wüsstest, dass du es schaffen könntest, all das zu verhindern?«

Er blickt noch einmal zurück und schüttelt den Kopf.

»Nein, das könnte ich nicht.«

Catalina nickt.

Sie sieht auf die vielen Scherben, die von der Sonne angestrahlt werden und in den schönsten Farben glänzen. Sie atmet tief ein und geht nach oben, zieht das Prepaid-Handy aus dem Versteck und schaltet es ein.

Sie ruft in der Bäckerei an, auch wenn sie weiß, dass Armando nicht da ist, doch sie bittet seine Mutter, ihm eine Nachricht auszurichten.

»Sagen Sie ihm, dass wir nicht mehr warten können. Wir haben keine Zeit mehr! Es muss jetzt losgehen und sagen Sie ihm auch, dass ich mich melden werde, sobald ich in Kolumbien bin.«

# Kapitel 7

Sie weiß, dass sie keine Zeit mehr zu verlieren hat.

Während sie sich eine größere Handtasche heraussucht und einen kleinen Koffer, in dem sie die wichtigsten Sachen verstaut, formt sich der Plan, den sie schon die ganze Zeit Stück für Stück zusammengesetzt hat, immer mehr.

Sie ruft Zuzus Manager an und bittet ihn um einen Gefallen. Noch während Catalina unter der Dusche ist, wird das erste Mal in den Nachrichten darüber berichtet, dass angeblich in einigen Tagen aufgrund der großen Nachfrage ein zweites Interview mit Catalina stattfinden soll. Das Interview soll in Guatemala gedreht werden.

Es wird dieses Interview nie geben. Sie weiß es und auch die Leute um Zuzu, sie musste ihnen auch nicht erklären, warum sie diese Gerüchte in die Welt setzen sollen, der Manager hat sofort zugestimmt, ihr zu helfen.

Catalina braucht diese Ablenkung. Milo wird auf das Interview warten und denken, sie ist in Guatemala oder Puerto Rico, Santiago wird denken, sie ist bei ihrer Mutter in Guatemala und ihre Mutter denkt, sie ist in Puerto Rico. Sie muss es nur für einige Tage schaffen, für alle unsichtbar zu sein, damit hat sie schon viel gewonnen.

Sie zieht sich nur eine Leggings und ein weißes weites Shirt an, die Haare bindet sie zu einem hohen Zopf. Ohne sich zu schminken verlässt sie den oberen Teil des Hauses. Sie isst noch eine Kleinigkeit und sieht dabei auf das Hochzeitsbild von Santiago und ihr.

Sie wünschte, sie könnte jetzt in seinen Armen liegen, die Augen schließen und all das für wenige Minuten vergessen.

Sie liebt Santiago, und auch wenn es für sie bisher das schönste Gefühl war, was sie jemals für einen Mann empfunden hat, ist genau das jetzt auch das Einzige, was ihre Entscheidungen, ihren Plan und ihr Vorhaben ins Wanken bringen könnte.

Sie zieht ihr Handy hervor.

Sie hat unzählige Nachrichten und Anrufe, doch nichts von Santiago.

Sie wählt seine Nummer, es klingelt, doch er nimmt nicht an. Nach einiger Zeit schaltet sich der Anrufbeantworter ein. Vielleicht ist es sogar besser so. Sobald es piepst, lässt Catalina ihren Gedanken freien Lauf.

»Ich bin's. Ich habe die letzten Stunden ständig daran denken müssen, wie sehr ich meinen Vater mein Leben lang dafür verachtet habe, was er meiner Mutter und uns damit angetan hat, ständig nur das Wohl der Familia im Blick gehabt zu haben. Ich konnte das niemals verstehen ... bis jetzt. Ich will das nicht, niemals, doch gerade habe ich das Gefühl, nicht besser als er zu sein.«

Sie stockt, um nicht zu weinen anzufangen.

»Santiago, ich liebe dich, ich liebe dich so sehr, dass ich kaum mehr schlafen kann ohne dich an meiner Seite und es mir wehtut zu sehen, wie wütend du auf mich bist. Ich möchte dich nicht verletzen oder vor den Kopf stoßen, doch dann sehe ich diese ganzen Leute, die unten in Kolumbien sind und deren einzige Hoffnung auf Besserung ich bin. Verstehst du, niemand anderes kann Milo stoppen und auch wenn du das nicht verstehst, möchte ich das alles von uns beiden fernhalten. Mich darum kümmern, was in Kolumbien ist, ohne dass es zwischen uns steht.«

Sie versucht ihre Stimme klar zu halten.

80

»Das geht nicht, das ist mir jetzt auch bewusst, doch ich hätte es mir gewünscht. Ich möchte nicht, dass meine Liebe zu meiner Familia die Liebe zu dir in irgendeiner Weise einschränkt oder zerstört, doch gerade habe ich das Gefühl, egal was ich tue, ich muss anderen wehtun. Diese Liebe zwischen uns ist das Beste, was mir passiert ist, doch wir hätten trotzdem nicht vergessen dürfen, wer ich bin und woher ich komme und dass uns das immer wieder einholen kann.«

Als sie die Worte ausspricht, weiß sie, dass sie das alles unterschätzt haben.

»Ich kann nicht damit leben, dass meine Probleme dich von deiner Arbeit ablenken und ich möchte dir auch nicht in die Augen sehen und darin die Enttäuschung darüber erkennen, dass wir jetzt gemerkt haben, dass sich doch nicht so einfach vergessen lässt, dass ich eine Delgardo bin. Nicht so schnell, wie wir beide es wahrscheinlich gehofft haben.«

Catalina weint, sie konnte es nicht verhindern.

»Ich tue das alles auch für uns. Ich weiß, dass du keine andere Wahl hast und dass du handeln musst, doch jeder Mann, den du von den Delgardos tötest, ist ein Stück meiner Familie. Deine Männer haben letztens Bora getötet. Ich weiß, dass du das musstest, doch ich habe ständig daran gedacht, als ich dich angesehen habe, Bora war … Wenn ihr jetzt in Kolumbien einfallt, weiß ich nicht, wie ich damit leben könnte, auch wenn ich mir noch so oft selbst sage, dass es keinen anderen Weg gegeben hat.«

Sie streicht über ihren Ehering.

»Wenn du wüsstest, wie sehr ich mir gerade wünschte, dass ich eine Verkäuferin und du ein Automechaniker bist und wir unser kleines Haus am Meer haben. Doch es soll nicht so sein, wir beide haben ein anderes Schicksal in die Wiege gelegt bekommen und vielleicht bedeutet es, nur weil wir uns lieben, trotzdem nicht, dass wir füreinander bestimmt sind, Santiago.«

Sie atmet noch einmal tief ein.

»Ich weiß es nicht, ich weiß es wirklich nicht, ich hoffe nur, dass du mich irgendwie verstehst und dass du mir glaubst, dass ich dir mit allem, was ich tue oder entscheide, nie wehtun möchte. Du bist bisher das Beste in meinem Leben und ich liebe dich ... es wird noch einiges auf uns zukommen und ich hoffe, dass du das niemals vergisst.«

Sie setzt an, noch etwas zu sagen, doch es piepst und der Anrufbeantworter ist voll. Catalina legt ihr Handy unter ihr Hochzeitsbild mit Santiago, steckt sich das Prepaid-Handy in die Tasche, knapp 800 Dollar in bar, die sie sich für einen Notfall über längere Zeit nach und nach zusammengespart hat, sieht sich noch einmal um und geht dann aus dem Haus.

Sie nimmt sich eines der Autos, die vor der Einfahrt stehen, das kleinste und unauffälligste, und fährt sofort los. Natürlich wird sie am Tor angehalten.

»Wohin? Santiago hat die Anweisung gegeben, dass du nicht ohne Schutz raus darfst zur Zeit.« Einer der Wachmänner, die Catalina mittlerweile gut kennt, sieht durch das Fenster zu ihr ins Auto.

»Ich sage Marco Bescheid.« Er hat schon das Handy am Ohr. Catalina sieht ihn verwundert an. »Ist der nicht bei Santiago in Costa Rica?«

Der Wachmann sagt jemandem, dass er zum Tor kommen soll und sieht dann wieder zu ihr.

»Marco ist für deine Sicherheit verantwortlich.« Catalina atmet tief aus. Santiago schwächt sich selbst, indem er einen seiner besten Männer hier lässt, um sie zu schützen.

82

Sie geht noch einmal alles durch, was sie geplant hat, ab jetzt darf kein Fehler mehr passieren, doch im nächsten Moment öffnet Marco schon den Beifahrersitz und setzt sich neben sie.

»Wohin, Princesa?«

Catalina hat Marco mittlerweile sehr lieb, er erinnert sie sehr an Elias und sie ist gern mit ihm zusammen.

»Ich fliege nach Guatemala zu meiner Mutter. Mein Flug geht gleich.« Sie gibt Gas, weil sie weiß, dass er sie eh nicht alleine fahren lassen wird.

»Fliegst du zu ihr oder dorthin wegen dieses zweiten Interviews?« Man hört heraus, dass auch Marco das Interview nicht gut fand.

»Nein, zu meiner Mutter. Ich denke, momentan brauchen Santiago und ich einige Tage … um wieder einen klaren Kopf zu bekommen.«

Marco deutet ihr den Weg zum Flughafen, auch wenn Catalina ihn mittlerweile eigentlich gut kennt. Sie weiß, dass Marco von ihrem Streit weiß. Santiago vertraut ihm vollkommen und auch Catalina tut das.

»Santiago liebt dich, Catalina, deswegen weiß ich, dass ihr auch das überstehen werdet. Niemand hat behauptet, dass diese Ehe einfach wird. Nehmt eine kleine Auszeit, doch versuch wieder zu lächeln, ich bin mir sicher, dass das vorbeigeht.«

Catalina sieht ihm einen Moment in die Augen; als sie am Flughafen halten, tut sie so, als würde sie in ihrer Tasche etwas suchen.

»Verdammt, ich war heute so spät dran, dass ich mein Handy im Haus gelassen habe.« Marco sieht auf die Uhr.

»Wann geht dein Flieger? Sollen wir noch einmal …?«

Catalina winkt ab.

»Nein, ich habe heute Morgen eh daran gedacht, mir eine neue Nummer zu besorgen. Ich kann es kaum noch anhaben seit dem Interview, es gibt nie Ruhe und noch zu viele falsche Leute haben meine alte Nummer.«

Marco nickt.

»Das ist sicherlich besser. Wenn du in Guatemala bist und ihr unterwegs seid, besorge dir ein neues Handy und schick Santiago oder mir die Nummer, dann sorgen wir dafür, dass du alle Nummern wieder hast.«

Catalina nickt, so wundert sich keiner, wenn sie für einige Tage nicht erreichbar ist. Sie umarmt ihn.

»Danke für alles, Marco.«

Sie betritt den Sicherheitsbereich und wird zum Flieger gebracht.

Nachdem sie die Treppe hinaufgegangen ist, dreht sie sich noch einmal um, sieht auf Puerto Rico hinab und erinnert sich an den Tag, als sie hier das erste Mal gelandet ist und sie nicht wusste, wohin mit ihrer Angst.

Diese Angst spürt sie auch jetzt, doch der Grund ist ein anderer. Sie schließt die Augen und denkt an Kolumbien zurück.

»Komm schon, lass uns fliegen!«

Catalina lacht und hält sich gut fest. Sie liebt dieses Gefühl, der heiße Wind Kolumbiens peitscht ihr ins Gesicht, ihre Haare hat sie zu einem festen Dutt nach oben gebunden, damit sie nicht total zerzaust werden.

Sie sind so schnell, dass sie einen Moment ihre Augen schließt, doch dann öffnet sie sie wieder und lacht.

Sie sieht auf die vertraute Landschaft, hier kennt sie jeden Baum, jedes Haus, fast alle Gesichter der Leute, die hier leben.

»Stop!« Sie halten und starke Arme halten Catalina an sich gedrückt.

»Siehst du das, mein Engel? Das ist unser Zuhause, das ist alles, was wir lieben und wofür wir kämpfen. Wenn du dich wie heute fragst, wieso ich so lange weg war, dann komme hierher, unter diesen Baum auf den Hügel und sieh auf all das hinab. Ich muss dafür sorgen, dass all das weiter den Delgardos gehört, dass unsere Familie sich um Kolumbien kümmert und alle zufrieden leben können, damit wir weiter stolz auf unser Land sehen und niemals mehr jemand die Delgardos vergessen wird.«

Catalina wendet sich zu ihrem Vater um, der ihr in dem Moment einen Kuss auf die Nase gibt. »Aber das nächste Mal kannst du mich doch einfach mitnehmen, ich bin auch eine Delgardo, ich kann auch dafür kämpfen, dass Kolumbien so schön ist wie jetzt und keiner unseren Namen vergisst, und dann kann ich auch besser schlafen, wenn ich bei dir bin.«

Ihr Vater lacht leise auf und sieht liebevoll auf sie hinab. »Und wer passt dann auf deine Mutter und deine kleine Schwester auf? Du bist erst fünf, Catalina, aber wenn du weiter so schnell wächst, wirst du bald dafür sorgen, dass all das niemals zerstört wird.«

Sie sehen gemeinsam auf die Stadt, in der sie leben, auf die Finca, das Land, das sie so lieben.

»Irgendwann wird die Zeit kommen, da wirst du für die Delgardos kämpfen müssen und dann möchte ich, dass du daran zurückdenkst, aber solange bleibst du bei Natia und deiner Mutter, wenn ich das für uns erledige. Einverstanden, Engel?«

Catalina atmet tief ein, schließt die Augen und spürt den warmen Wind Puerto Ricos auf ihrer Haut, als sie diese Erinnerung wieder einholt.

Nun liegt ihr Vater unter der Erde dieses Hügels und muss mit ansehen, wie nach und nach alles zerstört wird, was er aufgebaut hat.

Ja, er hat Catalina, Natia und ihrer Mutter viel angetan, doch dass so auf allem herumgetrampelt wird, wofür er gestanden hat, kann Catalina nicht mehr mit ansehen. Dass mit den Menschen, die sie liebt, so umgegangen wird, kann sie nicht akzeptieren, dass Elias sterben musste, um ihr wehzutun, wird sie nicht hinnehmen.

Morgen wird sie nach Kolumbien zurückkehren, es wird der schwerste Schritt sein, den sie jemals gegangen ist. Sie dachte wirklich, dass das die Hochzeit mit Santiago bereits war, doch nun muss sie in das Land, das sie so sehr liebt und gegen Menschen kämpfen, die einmal alles für sie waren und sie weiß nicht, was passieren wird.

Sie weiß nur, dass, egal was eintreffen wird, es immer ihr Herz brechen wird, es wird nicht zu vermeiden sein, dass sie etwas verliert, was sie liebt.

Schweren Herzens sieht sie zu, wie sie Puerto Ricos Boden unter sich lassen. Sie geht kein Risiko ein und fliegt wirklich zuerst nach Guatemala.

Ihrer Mutter hat sie heute Morgen noch geschrieben, dass sie eine kleine Auszeit mit Santiago braucht und dass das mit dem Interview nicht stimmt, so hat sie auch von dieser Seite einige Tage Zeit, bis es auffällt, dass sie fehlt.

Sie braucht nur einige Zeit, um unsichtbar zu werden.

Als sie in Guatemala landet, verlässt sie den Flughafen und fährt in die Einkaufsstraßen, die sie sich auch heute Morgen aus dem Internet herausgesucht hat.

Sie kauft sich eine schwarze Perücke, sie sieht so echt aus, dass man niemals glauben würde, dass das nicht Catalinas Haare sind. Sie zieht ein Cap und eine Sonnenbrille auf und weiß, dass man sie so nicht wiedererkennt.

Catalina macht Passbilder mit der neuen Haarfarbe und fährt zurück zum Flughafen, wo - genau wie auch in Kolumbien - Männer nur darauf warten, Pässe zu fälschen.

Hier kostet sie das ganze 100 Dollar und sie muss eine Stunde warten.

Dann kauft sie sich unter falschem Namen und mit verändertem Aussehen ein Flugticket nach Ecuador. Catalina geht kein Risiko ein, sie wird von da an die Grenze nach Kolumbien fahren und diese mit einem Bus überqueren. Die Flughäfen werden garantiert stark kontrolliert.

Als sie den Flieger nach Ecuador besteigt, atmet sie tief ein.

Es geht los.

Nun kann niemand all das hier mehr aufhalten. Catalina lässt alle Sicherheiten zurück.

# Kapitel 8

Catalina kommt am frühen Morgen in Ecuador an.

Es ist noch sehr früh und sie muss sich beeilen. Zum Glück liegt der Flughafen nur zehn Autominuten von dem Ort entfernt, zu dem Catalina muss, um die nächste Etappe ihrer Reise anzutreten.

Sie lässt sich von einem Taxi an die Grenze zu Kolumbien fahren. Nur wenige Minuten vor dem Grenzübergang befinden sich große Industriegelände mit verschiedenen Firmen darauf. Das ist bewusst so gemacht, so können auch Kolumbianer in diesen Fabriken arbeiten.

Sie weiß so viel darüber, weil über diese Fabriken eine Zeit lang viel gesprochen wurde. Viele junge kolumbianische Frauen aus den grenznahen Dörfern und Städten arbeiten in diesen Fabriken und es ist immer wieder vorgekommen, dass einige der jungen Frauen verschwunden sind, einmal sogar ein kompletter Bus mit den Frauen. Man hat dann irgendwann die Leichen der Frauen gefunden.

Als Catalina nach einer Möglichkeit gesucht hat, über die Grenze zu kommen, musste sie sofort daran denken.

Als das Taxi jetzt hält, gelangt sie unbemerkt auf das große Industriegebiet. Hier stehen tatsächlich einige Busse, sie liest die Namen der Städte und Dörfer in Kolumbien, die sie anfahren und entscheidet sich für einen Bus, der in eine größere Stadt fährt, wo es eine gute Zugverbindung gibt.

Die Nachtschicht geht langsam zu Ende und die Frühschicht beginnt, einige Busse kommen angefahren. Catalina flechtet sich die unechten Haare seitlich zu einem Zopf und zieht sich ein schwarzes Cap, was sie dabei hat, tief ins Gesicht.

Als die Frauen aus der Fabrik treten und zu den Bussen gehen, mischt sie sich einfach darunter und besteigt den Bus, den sie ausgesucht hat.

Sie setzt sich ganz nach hinten, zwei junge Frauen setzen sich lachend neben sie und beachten sie gar nicht weiter. Perfekt.

Catalina tut so, als würde sie sich schlafen legen, dabei beobachtet sie mit klopfendem Herzen alles genau.

Die Sonne geht auf und einige Frauen setzen sich Sonnenbrillen auf, auch Catalina tut das sofort, und als sich der Bus in Bewegung setzt, spricht sie ein leises Gebet. Das muss klappen.

Die Frauen reden miteinander, viele wenden sich aber auch ab und wollen nach ihrer anstrengenden Schicht nichts anderes als schlafen. Catalina wendet sich auch zum Fenster um und sieht hinaus. Sie sind nach wenigen Minuten an der Grenze und ihr Herz rast, als sie die kolumbianische Fahne sieht.

Soldaten winken die Busse durch, sie leuchten mit Taschenlampen in die Busse und Catalina zieht ihr Cap so tief, dass man denkt, sie schläft mit dem Gesicht an der Scheibe. Wenn einer hier ihren Herzschlag hören könnte, wäre alles vorbei.

Als sie ihren Bus weiterwinken und den nachfolgenden anhalten und einsteigen, atmet Catalina beruhigt aus. Sie fahren am Wachhaus vorbei und Catalina sieht drei Männer aus ihrer Familia. Sie waren Wachen bei ihrem Vater.

Die Grenzen wurden auch schon immer ein wenig von ihrer Familia gesichert, doch dass nun drei Männer an der Grenze sind, hat sicherlich Milo angeordnet, um zu verhindern, dass sie oder jemand anderes unbemerkt über die Grenze kommen.

Private Autos hätten die Männer sicher nicht durchgelassen, den Bussen schenken sie jedoch kaum Beachtung. Catalina versucht, die Männer nicht anzustarren. Einer von ihnen war sehr gut mit Elias befreundet. Sie fragt sich, was die Männer tun würden, würde sie jetzt aussteigen und sich zu erkennen geben, vielleicht sogar fordern, dass sie ihr helfen, gegen Milo vorzugehen. Sie würde es wirklich gern wissen, doch sie wird es nicht austesten.

Ihr Herzschlag beruhigt sich erst wieder, als sie eine ganze Weile in der aufgehenden Sonne die Landstraßen entlangfahren.

Catalina betrachtet mit gemischten Gefühlen ihre Heimat.

Auch wenn die letzten Wochen alles drunter und drüber ging, hat sie Kolumbien vermisst. Sie sieht auf die Landschaft, die Menschen, die kleinen Dörfer und weiß, dass sich hier vieles geändert hat.

Kolumbien ist groß, doch trotzdem haben die Delgardos so viel Einfluss, dass sie das Leben jedes Einzelnen hier beeinflussen.

Sie sind fast eine Stunde unterwegs, es ist verrückt, wie weit die Frauen täglich zur Arbeit fahren. Sie halten am Busbahnhof, der auch gleich am Hauptbahnhof liegt.

Catalina muss in die Nähe ihrer Finca. Sie hat dort eine Adresse, ungefähr eine halbe Stunde von ihrem Zuhause entfernt. Je näher sie Milo kommt, umso gefährlicher wird es, deswegen denkt sie eine Weile nach, ob sie mit Bus oder Bahn fahren wird. Letztlich entschließt sie sich für den Bus, auch wenn das fast zwei Stunden länger dauert, doch er fährt früher ab.

In der Bahn wird sie immer wieder kontrolliert und es ist wahrscheinlicher, dass die Bahnhöfe kontrolliert werden als die Busbahnhöfe. Sie muss versuchen, jedes Risiko zu minimieren, auch wenn sie sie nicht ganz abschalten kann.

Deshalb geht sie zum Schalter für die Busfahrkarten. Sie kauft die Karte und sieht den Verkäufer kaum an, sie meidet ohnehin jeden Blickkontakt. Da sie noch etwas Zeit hat, geht sie in ein kleines Geschäft am Bahnhof und kauft sich frische Arepas. Wie sehr sie die vermisst hat.

Während sie genüsslich hineinbeißt, beginnt im Fernsehen plötzlich eine Nachrichtensendung, und Ausschnitte von ihrem Interview mit Zuzu werden gezeigt.

Catalina zieht das Cap tiefer ins Gesicht und verlässt den Laden schnell wieder, als die Moderatoren erklären, wie gespannt nun alle diesem zweiten Interview entgegensehen. Sie steigt direkt in den wartenden Bus und setzt sich wieder auf den hintersten Platz. Dieses Interview wird es nie geben.

Es ist ungewohnt für sie, so lange mit niemandem zu sprechen.

Marco war die letzte Person, mit der sie richtig gesprochen hat, seitdem hatte sie keinen Kontakt mehr zu irgend jemandem. Am liebsten würde sie jetzt ihr Handy herausholen und ihre Mutter oder Santiago anrufen, doch das geht nicht. Sie hat ihr Handy nicht dabei und sie darf auch keinen Kontakt zu einem von beiden aufbauen. Sie traut sich ja noch nicht einmal, das Prepaid-Handy vor morgen Mittag anzuschalten, wenn sie Armando wieder bei seiner Mutter anrufen kann.

Nach und nach füllt sich der Bus, doch als sie dann losfahren, sind so wenig Leute eingestiegen, dass jeder für sich allein sitzt.

Catalina isst auf und trinkt, versucht wach zu bleiben und sich zu konzentrieren, doch der gleichmäßige Lärm des Motors und die vorbeifahrende Landschaft machen sie immer müder. Sie hat wenig Schlaf bekommen in letzter Zeit und irgendwann kann sie die Augen einfach nicht mehr aufhalten.

Erst als sie langsamer werden, wacht sie auf und sieht, dass sie bereits kurz vor ihrem Ziel sind. Sie hat lange geschlafen und erschreckt, als sie sieht, dass sie kurz davor sind, in den

92

Stadtteil zu fahren, in dem ihre Finca steht und wo sie auch hofft, Unterschlupf zu finden.

Verdammt, sie stehen in einer Schlange von Autos, um dort abzufahren und an allen Autos und Bussen laufen Männer vorbei und gucken hinein.

Catalina erkennt Roba und Cinco, zwei Männer, denen ihr Vater immer sehr vertraut hat. Sie gehen zu den Autos, sehen hinein und winken sie weiter. Catalina macht sich so klein wie es geht, schiebt sich die Sonnenbrille ins Gesicht und das Cap so tief wie möglich; wenn sie ihr ins Gesicht sehen können, hilft ihr all das nicht. Sie kennen sie zu gut.

Sie schließt die Augen bis zu einem kleinen Spalt, aus dem sie erkennt, wie die beiden an ihrem Bus vorbeilaufen, kurz an die Fenster sehen, auch bei Catalina, doch sie sehen nur das Cap und den geflochtenen schwarzen Zopf und gehen weiter.

Catalina spricht erneut ein Gebet, als sie dann endlich weiterfahren, ab jetzt kann jeder Schritt der falsche sein. Sie fährt in das Hauptgebiet der Delgardos.

Auch wenn sie nun besonders vorsichtig sein muss, kann sie nicht anders und sieht die ganze Zeit aus dem Fenster. Hier kennt sie jede Straße, jeden Laden, sie sieht viele bekannte Gesichter.

Der Bus hält am Bahnhof und Catalina zieht sich das Cap noch tiefer ins Gesicht. Sie meidet Blickkontakt zu allen Personen und setzt sich an die Bushaltestelle der normalen Busse, die sie in den Vorort bringen, in dem sie sich Hilfe erhofft. Es kann jederzeit ein Auto ihrer Familia vorbeifahren, deswegen versucht sie alles auszublenden, hält den Blick gesenkt und sieht erst wieder auf, als der Bus vor ihrer Nase hält.

Der Bus ist voll und Catalina stellt sich zu einer Schulklasse, die Kinder sind laut und wild und niemand achtet auf sie. Sie verlassen die Gegend wieder, doch nur wenige Haltestellen später steigt Catalina wieder aus.

Nun muss sie sich daran erinnern, was sie aus den Daten der Mail entnehmen konnte und was sie über Google Earth sehen konnte.

Catalina läuft einen kleinen Weg entlang, an Feldern vorbei und biegt bei einer alten Kirche in ein Dorf ein.

Sie wusste nicht, an wen sie sich wenden konnte. Armando kann sie erst morgen erreichen, sie hätte niemals in ein Hotel einchecken können, ohne bemerkt zu werden. Sie musste die ganze Zeit an diese eine Mail denken, die eine Frau aus diesem Dorf an Zuzu geschrieben hat.

Sie hat sie inständig darum gebeten, Catalina auszurichten, dass sie zurückkommen und ihnen allen helfen soll. Sie hat in der Mail beschrieben, wie ihr Sohn jahrelang den Fisch für die Finca frisch vom Meer geliefert hat. Er hat sich gut mit Catalinas Vater verstanden, auch sie kann sich an den netten Mann erinnern.

Nachdem ihr Vater gestorben war, hat er weiter den Fisch geliefert, bis ihn Milo eines Tages dabei gesehen und angesprochen hat. Er hat behauptet, die Preise für den Fisch sind viel zu hoch, er hat sie mit den Preisen aus dem Supermarkt verglichen.

Der Mann hat erklärt, dass er nur den besten Fisch direkt vom Hafen bringt und die Preise mit Catalinas Vater abgesprochen waren und seit Jahren gelten. Das hat Milo allerdings nur wütender gemacht, er hat behauptet, dass der Mann die Familia seit Jahren um Geld betrügt.

Letztlich hat er den Mann vom Hof gejagt und das nicht irgendwie, er hat solange neben ihn geschossen, bis der Mann um sein Leben bangend hüpfend und rennend den Hof verlassen hat. Milo und seine Männer haben ihn die ganze Zeit über ausgelacht. Dabei ist er gestürzt und hat sich eine tiefe Wunde am Bein zugezogen.

Er hat nur seiner Mutter davon erzählt, die die Wunde verarztet hat. Da er nun keine Aufträge mehr hatte und auch nichts angespart hat, konnte er sich keinen Arztbesuch leisten. Seine Mutter ist zu ihrer Schwester gefahren für zwei Tage, um dort nach Arbeit für ihren Sohn zu fragen. Sie sagt, dass er sich so sehr geschämt hat für das, was Milo getan hat und wie er ihn vom Hof gejagt hat, dass er das Haus nicht mehr verlassen hat. Er wollte verhindern, dass die Leute nachfragen, denn es begann sich herumzusprechen.

Als die Mutter nach einigen Tagen zurückkam, hat sie ihren Sohn tot im Bett vorgefunden. Die Wunde hatte sich so stark entzündet, dass er vermutlich an einer Blutvergiftung gestorben ist, so genau weiß das keiner, die Mutter konnte kaum das Kreuz auf seinem Grab bezahlen.

Sie hat sich alles von der Seele geschrieben und ist extra in ein Café mit Internet gelaufen, um diese Mail abzuschicken. Durch ihren Namen und die Mailadresse des Cafés konnte Catalina ihr Haus finden. Bei ihr ist sie sich sicher, dass sie ihr helfen wird und sie dort vor Milo versteckt bleiben kann.

Sie findet das Haus auch sehr schnell und ist dankbar, dass nicht viele Menschen auf der Straße sind, da es immer heißer wird. Als Catalina an der Haustür klopft, weiß sie nicht, ob sie das Richtige tut, doch als dann eine ältere Frau mit langen grauen Locken und traurigen braunen Augen die Tür öffnet, lächelt sie und hofft einfach, dass ihr Bauchgefühl sie auf den richtigen Weg geführt hat.

»Kann ich Ihnen helfen?«

Die Frau sieht sie verwundert an, sie sieht ihr ins Gesicht und scheint zu überlegen, ob sie sie kennt, deswegen blickt Catalina sich um und nickt. »Ich hoffe es, kann ich kurz reinkommen?«

Auch wenn die Frau sie noch nicht zuordnen kann, tritt sie zur Seite und lässt Catalina eintreten. Sobald die Tür geschlossen ist, nimmt Catalina das Cap, die Brille und auch die Perücke ab und die Frau schlägt die Hände vor den Mund. »Catalina?« Sie nickt und atmet tief ein.

»Madre mia, wie … bist du wegen meiner Nachricht gekommen? Hast du sie gelesen? Setzt dich doch, du siehst erschöpft aus.« Catalina folgt der älteren Dame in einen, wenn auch sehr einfachen, doch sehr liebevoll eingerichteten Wohnbereich. Ein großes Bild eines Mannes mit Rosen und Kreuz steht auf einem kleinen aufgebauten Altar, davor brennen zwei Kerzen.

»Das mit Ihrem Sohn tut mir leid. Ich hoffe, Sie wissen, dass mein Vater ihn sehr gemocht hat. Ich erinnere mich, wie er oft mit ihm auf dem Hof stand und sich den Fisch hat zeigen lassen und sie sich lange unterhalten haben.«

Die Frau nickt, noch immer ganz überrumpelt.

»Ich weiß, umso schlimmer ist das, was passiert ist. Setz dich doch, Catalina. Du weißt gar nicht, wie schön es ist, dich zu sehen. Wirst du jetzt uns alle von diesem schrecklichen Patron Milo befreien? Wir stehen hinter dir, er hat kein Recht auf den Platz deines Vaters!«

Catalina setzt sich und die Frau geht in die Küche und kommt mit Wasser, zwei Gläsern, Limonade und Keksen wieder.

»Ich hoffe es. Doch es wird nicht so einfach, um ehrlich zu sein, wird es sogar sehr gefährlich. Ich bin nur über Umwege nach Kolumbien gekommen, jetzt muss ich bis morgen Mittag warten, um einige Männer zu erreichen, die schon auf meiner

Seite sind. Ich wusste nicht, wo ich so lange sicher bleiben kann und dachte an Sie und ob ich hier ...«

Die Frau versteht sofort.

»Natürlich, du kannst hier bleiben, bis du alles sicher geplant hast. Es ist mir eine Ehre, dabei zu helfen, Kolumbien wieder in die richtigen Hände zu bringen. Du weißt, dass Patron Milo die Frau des Präsidenten auf der Finca gefangen hält?«

Catalina weiß, dass sie hier noch mehr erfahren wird, was zur Zeit passiert und schüttelt den Kopf.

»Nein, wieso? Und wieso nennst du ihn Patron Milo?« Die Frau ist ganz aufgeregt. »Alle sollen ihn so nennen, wenn nicht, muss man eine Geldstrafe zahlen. Der Präsident hat versucht, gegen Milo zu arbeiten, und damit das nicht mehr passiert, behält er dessen Frau als Absicherung. Dein Vater hat immer mit dem Präsidenten zusammengearbeitet. Patron Milo hat ihn vollkommen entmachtet.«

Catalina lehnt sich ein wenig zurück, so langsam fällt die Anspannung nach und nach von ihr ab. Die Frau merkt das. »Du hast eine lange Reise hinter dir. Ich koche etwas Leckeres und du ruhst dich aus.«

Sie wusste, dass sie sich richtig entschieden hat, als sie auf ihr Bauchgefühl gehört hat.

Die Frau erzählt ihr noch, was für neue Regeln Milo eingeführt hat. Die Bauern müssen viel mehr abgeben, die Ladenbesitzer noch mehr. Alles läuft über Milo und die Delgardos.

Er soll die gesamte Finca umbauen, doch was genau alles hinter den Mauern passiert, erfährt man kaum. Sie weiß auch nicht, was mit Natia ist.

Catalina fühlt sich wohl. Während das Essen köchelt, zeigt die Frau Catalina ihren Garten und als sie dann zusammen dort essen, fühlt es sich einen Moment so an, als wäre sie wieder zu

Hause mit ihrer Familie. Doch natürlich ist es nicht so, und als dann plötzlich ein Mann bei ihnen im Garten steht, wird ihr das wieder bewusst.

Auch die Frau erschreckt sich im ersten Moment, sie scheint ganz vergessen zu haben, dass sie noch jemanden erwartet. Dann erklärt sie aber schnell, dass das ihr Nachbar ist, der jeden Tag bei ihr zu Mittag isst. Der Mann ist genauso überrascht wie die Frau, doch sie erklären beide, dass sie auf Catalinas Seite sind.

Der Mann ist auch sehr nett, doch er ist im Gegensatz zu der Frau auch sehr zurückhaltend. Auch er erzählt einige schreckliche Geschichten über Milo, auch er ist gegen ihn, doch man sieht, dass er Angst hat, was Catalinas Besuch hier für sie bedeuten könnte. Catalina versichert immer wieder, dass sie sie nicht in Gefahr bringen wird.

Beide fragen nach, was genau Catalina nun vorhat, doch mehr als dass sie morgen Armando kontaktieren wird, kann sie nicht sagen. Sie wird mit ihm zusammen entscheiden, was genau sie dann tun.

Wahrscheinlich muss sie die Männer um sich sammeln, die hundertprozentig hinter ihr stehen und hoffen, dass es genug sind, um Milo zu verjagen. Nachdem sie das Interview gegeben hat, sollte es machbar sein, besonders seitdem sie von Elias wissen.

Der Mann wirkt besorgt, er bleibt lange bei ihnen sitzen und versucht der Frau immer wieder in Erinnerung zu rufen, dass sie vorsichtig sein muss, doch als er dann wieder zu sich geht, greift die Frau nach Catalinas Hand und versichert ihr, dass sie hinter ihr steht und ihr helfen wird, wo sie nur kann.

Sie bereitet ihr ein gemütliches Bett auf dem Sofa zu.

Catalina kann nicht einschlafen, auch wenn sie sehr erschöpft ist. Sie denkt daran, was sie morgen tun wird, versucht, einen genauen Plan zu fassen, doch dafür muss sie auch wissen, wie weit Armando ist.

Sie denkt an Santiago, sie vermisst ihn. Sie wünschte, sie wäre bei ihm, und um ganz ehrlich zu sein, wünschte sie, dass er an ihrer Seite steht und sie das hier nicht alleine durchstehen müsste, doch sie will ihn da nicht mit hineinziehen und auch die Männer der Delgardos schützen.

Irgendwann übermannt sie die Müdigkeit doch, sie schläft nicht sehr tief und wird wach, als sie etwas an ihren Haaren bemerkt.

Sie öffnet die Augen und sieht in Milos Gesicht.

Es ist noch dunkel, Milo sitzt neben ihr und streicht ihre Haare aus dem Gesicht.

»Sieh an, wer nach Hause gekommen ist.«

# Kapitel 9

Catalina setzt sich blitzschnell auf und weicht nach hinten.

Milo lacht auf.

»Wunderschön wie immer, meine Süße. Ich habe nicht daran gedacht, dass ich dich so schnell wiedersehe. Ich war gespannt auf dein zweites Interview.«

Milo sieht ihr in die Augen. Er hat eine kleine Lampe auf einer Kommode angeschaltet, alles andere ist dunkel und es ist nichts im Haus zu hören.

Catalina spürt, dass sie am ganzen Körper zittert, das Adrenalin rast durch ihre Venen, ihr Mund ist trocken und sie kann nicht aufhören, in Milos dunkle Augen zu sehen.

»Was … wie …«

Wieso ist er hier? Wie konnte das passieren? Sie versucht, wieder einen klaren Gedanken zu fassen und Milo lacht weiter auf.

»Sieh dich an, plötzlich bist du nicht mehr so vorlaut wie bei deinem Interview mit Zuzu. Hast du wirklich gedacht, dass du hierherkommen kannst und mir den Platz nehmen kannst, der mir schon lange zusteht? Sogar schon, als dein Vater am Leben war, seine letzten Entscheidungen waren schwach und …«

Catalina steht schnell von der Couch auf, um von Milo wegzukommen.

»Wage es nicht, von ihm zu sprechen. Du hast kein Recht dazu, nachdem was du hier aus dem Land gemacht hast. Was ist aus dir geworden, Milo? Kannst du überhaupt noch in den Spiegel sehen?«

Sie weiß, dass sie Angst haben sollte und das hat sie auch, doch vor ihr steht der Mann, mit dem sie zusammen aufgewachsen ist. Der sie in den Armen gehalten hat, in den sie einmal verliebt war, wie konnte das nur passieren? Am liebsten würde sie ihn schütteln, alles kommt in diesem Augenblick aus ihr heraus.

»Natürlich kann ich das. Jeden Morgen, und ich denke dabei immer an dich. Ich weiß, was du vorhast, doch ich bin trotzdem froh, dass du hier bist. Du bist zu Hause und du wirst all das, was die letzten Monate war, vergessen. Du wirst an meiner Seite sein, da wo du schon immer hinge... «

Catalina würde ihn am liebsten anspringen und ihm die Augen auskratzen.

»Das glaubst du doch selbst nicht. Ich bitte dich, wie kannst du ... was hast du Elias angetan, Milo? Ihr wart wie Brüder. Was sagen dein Vater und Malik zu all dem Wahnsinn? Bist du schon so krank, dass niemand mehr zu dir durchdringt? Denkst du wirklich, dass ich jemals neben dir ...«

Milo ist so schnell bei Catalina, dass sie nicht reagieren kann. Er schlägt ihr so stark ins Gesicht, dass sie zu Boden fällt.

»Das wirst du, Catalina, am Ende wirst du tun, was ich dir sage, wie alle. Jetzt lass uns erst einmal nach Hause gehen.«

Sie blutet aus der Nase, doch sie sieht trotzdem hoch und ihm in die Augen.

»Niemals, Milo, dann töte mich lieber gleich hier, doch falls du ...« Milo zieht sie genervt am Arm hoch, aus dem Raum und verlässt mit ihr das Haus.

Es ist noch dunkel, ein Wagen steht mit eingeschalteten Scheinwerfern da und spendet das einzige Licht. Zwei Männer stehen bei der Frau, die ihr Unterschlupf gewährt hat, daneben steht der Nachbar und sieht schuldbewusst weg.

Die Frau weint und sieht zu Catalina.

»Es tut mir so leid. Er hat sich Sorgen gemacht und wollte nicht, dass ich Probleme bekomme. Er hat einen großen Fehler begangen.« Milo hebt seine Waffe.

»Er hat sehr klug gehandelt. Man darf mir nicht in den Rücken fallen, niemals. Kolumbien würde zusammenbrechen, wenn es nur Leute wie euch geben würde.« Er hebt die Waffe noch weiter an und Catalina legt ihre Hände auf seine, um ihn daran zu hindern, auf die beiden zu zielen.

»Nein, Milo, nein! Ich habe sie aufgesucht, sie hatten nie vor, sich gegen dich zu wenden. Es ist meine Schuld, nicht ihre, verschone sie. Wenn dann ...«

Milo lacht auf.

»Oh, das ist dir ja richtig wichtig. Machen wir einen Deal, weißt du noch, wie früher. Wenn du mir einen Kuss gibst, dann ...« Catalinas Herz rast, sie kann keinen klaren Gedanken fassen, doch als sie in diesem Moment Milo in die Augen sieht, weiß sie, dass er wirklich verrückt ist. Er strahlt wie ein kleines Kind, das gerade entdeckt hat, dass es noch Eis gibt. Er ist wahnsinnig.

»Verschone sie, Milo!«

Er deutet auf das Auto. »Dann setz dich freiwillig ins Auto und mach es uns nicht noch schwerer, dann überlege ich es mir vielleicht noch einmal.« Er deutet zu dem Auto.

Catalina sieht die Frau noch einmal an und geht dann zum Auto. Sie sieht zu den Männern, sie kennt keinen der beiden, sie müssen neu in der Familia sein. Vielleicht traut Milo den alten Männern nicht genug, Catalina gefangen zu nehmen. Sie weiß noch nicht einmal, was Milo jetzt mit ihr vorhat, das hätte nicht passieren dürfen. Sie hat einen großen Fehler gemacht, sie hätte gar nicht erst jemand anderen hier mit hineinziehen sollen.

»Was ist mit ihren Sachen?« Catalina hört die Stimmen der fremden Männer.

»Verbrennt alles, schmeißt sie weg. Sie wird das alles nicht mehr brauchen. Sie ist wieder zu Hause.«

Ihr ist so schlecht, dass sie sich am liebsten übergeben würde, doch selbst das verweigert ihr Körper ihr. Ihre Gedanken rasen, sie hat einen großen Fehler gemacht, es ist das Schlimmste eingetreten. Sie ist in Milos Gewalt.

Einer der Männer kommt auch ins Auto und setzt ich nach vorne. Er schließt alle Türen und macht die Musik laut an.

»Was soll das?« Catalina sieht aus dem Fenster, doch man kann von hier nichts erkennen. »Was passiert da draußen, mach die Musik aus. Weißt du, wer ich bin?« Sie schlägt dem Mann auf die Schulter, erst da bemerkt sie, dass ihr gesamtes Shirt voller Blut ist, doch das ist unwichtig.

Der Mann wendet sich zu ihr um, doch bevor er dazu kommt etwas zu sagen, gehen die Türen auf und der andere Mann setzt sich ans Steuer und Milo neben sie. Er greift sofort nach ihrer Hand und will sie umfassen, doch Catalina entzieht sich ihm und weicht so weit es geht von ihm weg.

»Was hast du getan?« Milo lacht und sieht ihr in die Augen, während der Mann losfährt. »Catalina, eine der ersten Sachen, die du lernen musst ist es, nicht so viele Fragen zu stellen. Wenn wir zu Hause ...«

Sie kann einfach nicht an sich halten, sie weiß, dass Milo krank ist, doch es ist immer noch Milo und sie kann einfach nicht anders als ihn anzuschreien.

»Was hast du getan, Milo? Ich will als erstes Natia sehen und wissen, ob sie von Elias weiß und dann ...«

Milo lacht laut auf und auch die beiden Männer vorne lachen.

104

»Ist sie nicht süß? Ich habe euch gesagt, dass sie etwas ganz Besonderes ist. Du wirst gar nichts, Catalina, bis du wieder normal im Kopf bist und anfängst, dich zu Hause wieder zu benehmen und auf mich zu hören, bleibst du unter meiner kompletten Kontrolle. Du bist nicht in der Position, mir Fragen zu stellen, das musste Natia lernen und das wirst auch du lernen.«

Catalina muss an ihre Schwester herankommen, sie wird gleich versuchen, mit Armando zu sprechen, sobald sie, in der Finca sind, doch sie muss trotzdem so vorsichtig wie möglich vorgehen.

Während sie aus dem Fenster schaut und Milo ignoriert, der ihr etwas von einer neuen Struktur erzählt, versucht sie sich die nächsten Schritte zu überlegen. Sie ist in die schlimmste Situation geraten, die hätte eintreffen können, doch auch dafür wird sie jetzt eine Lösung finden.

Sie fahren direkt zur Finca und als Catalina die Männer davor erkennt, die als Wachen eingesetzt sind, schlägt ihr Herz schneller. Ihr Bauchgefühl sagt ihr, dass sie es nicht zulassen werden, dass Milo sie schlecht behandelt. Sie setzt sich auf, bereit, die Männer sofort anzusprechen, doch Milos Hand geht an ihren Nacken und er drückt ihren Kopf hart auf seinen Schoß.

»Es soll doch keiner erfahren, dass du wieder zu Hause bist. Erst müssen wir dich noch ein bisschen bearbeiten.« Er lacht, als sie an den Wachen vorbei in die Finca einfahren. Catalina versucht sich hochzudrücken, doch sein Griff bleibt hart. Er reibt ihr Gesicht an seinem Schritt und lacht noch mehr. »Wie sehr ich mich darauf freue, dich wieder hier zu haben.«

Catalina treten Tränen in die Augen, er lässt sie los und sie erkennt, dass sie direkt vor dem Haus gehalten haben, in dem ihr Vater gelebt hat. Es ist dunkel, doch Catalina bemerkt, dass das Haus ihrer Mutter noch steht, der Pferdestall ist aber weg und überall liegt Baumaterial herum.

Sie weiß nicht, wie spät es ist, doch die Finca ist leer, keiner ist auf dem Hof, deswegen steigen die beiden Männer schnell aus und halten ihr die Tür auf. Milo steigt zusammen mit ihr aus und hält ihr den Mund zu. Als sie sich wehren will, greift auch der andere Mann zu und zusammen schaffen sie es, Catalina in das Haus zu bringen.

Als die Tür zu ist, sieht sich Milo noch einmal um und bringt sie dann nach oben. Das Haus hat sich verändert, sehr verändert. Es ist alles viel moderner eingerichtet, sie sieht sich nach Anhaltspunkten von Natia um, doch sie entdeckt nichts.

Im oberen Stock bringt er sie zu den Schlafzimmern. Sie laufen an dem alten Schlafzimmer ihres Vaters vorbei, auf dessen Bett eine nackte Frau liegt. Die nächste Tür ist offen und die gegenüber ist geschlossen, Milo bringt sie in das Zimmer daneben, ein Gästezimmer, erst da lässt er sie wieder los.

Catalina weicht sofort zurück und knallt mit dem Rücken an die Wand.

Milo sieht auf die Uhr, geht zu den Fenstern, lässt die Jalousien nach unten und schließt diese ab, von jedem einzelnen Zimmer, auch im Bad, was zu dem Zimmer gehört. Er reißt das Telefon aus der Steckdose und wirft es auf den Flur, sieht sich noch einmal genau um und wendet sich dann an Catalina.

Wieder liegt dieses zufriedene Grinsen in seinem Gesicht.

»Du weißt gar nicht, wie glücklich ich bin, dass du zurück bist.« Könnte Catalina noch weiter zurückweichen, würde sie es tun, doch sie steht an der Wand und wendet ihren Kopf weg, als Milo sich vor sie stellt und mit seinen Lippen ihre berührt. Seine Hand geht an ihre Brust und er atmet schneller.

»Du bist noch genauso süß wie früher, Catalina, und ich kann es nicht erwarten, dich endlich wieder unter mir zu haben. Dann zeige ich dir, wer hier das Sagen hat, doch solange bleibst du hier und denkst darüber nach, wie einfach du es haben kannst. Ich kann dir das Leben zur Hölle machen ...« Seine andere Hand geht an ihren Schritt und er greift so hart zu, dass Catalina aufschreit.

Seine Lippen bedecken ihre, um den Schrei abzudämpfen.

Ekel breitet sich in Catalina aus, als sie ihn schmeckt und riecht, sie würgt, als er versucht, mit seiner Zunge in sie einzutauchen, was ihn zum Lachen bringt.

»Oder wir beide erleben die schönste Zeit unseres Lebens. Überlege es dir. Ich habe nicht mit deinem Besuch gerechnet, deswegen muss ich gleich zum Flughafen, ich bin aber bald zurück und dann gibst du mir deine Antwort. Solange benimm dich. Ich habe zwei meiner besten Männer damit beauftragt, auf dich aufzupassen, und für jedes Mal, wenn du dich nicht benimmst, bekommst du deine Strafe, sobald ich zurück bin.«

Er lässt ihre Brust los, seine Lippen fahren in ihren Ausschnitt und er macht ein Geräusch wie ein wildes Tier. »Ich werde in jeder Sekunde an dich denken, meine Schöne.«

Noch einmal lacht er auf, dann verlässt er das Zimmer und schließt sie darin ein.

Catalina bleibt an der Wand stehen und atmet tief ein und aus.

Sie ist in ihrem persönlichen Alptraum gefangen.

Warum war sie nicht schlauer? Ihr Vater hat sich getäuscht, wenn er gedacht hat, dass sie die stärkste seiner Töchter ist.

Sie sieht sich um. Hier steht ein Schrank, ein Bett, ein Schreibtisch, es hängt ein Fernseher an der Wand, mehr nicht. Sie öffnet den Schrank, doch der ist leer, sie geht zu den

Fenstern und versucht, die Jalousien hochzubekommen, doch keine Chance, sie lassen sich nicht bewegen.

Catalina geht ins Bad. Eine kleine Dusche, eine Toilette, ein Waschbecken, in einem Schrank steht ein eingepacktes Shampoo, eine eingepackte Zahnbürste, Zahnpasta, Creme und ein Kamm. Mehr nicht.

Sie flucht laut auf und schlägt gegen die Fliesen. »Verdammt!«

Catalina gleitet zu Boden und lässt ihren Tränen freien Lauf. Wie konnte sie nur so dumm sein und denken, sie würde das alleine hinbekommen?

»Wer ist da?«

Eine leise Stimme lässt sie aufhorchen.

»Hier ist Catalina, wer ist da?«

Sie sieht sich um, doch hier ist niemand.

»Ich bin Maria, die Frau des Präsidenten. Catalina? Bist du Alvaros Tochter?«

Die Stimme kommt aus der Wand.

Die Frau muss im Zimmer nebenan sein. Catalina setzt sich in die Duschkabine und legt ihr Ohr an die kalte Fliese, um sie besser hören zu können.

»Ja, die bin ich. Wie lange bist du hier? Kannst du raus? Kannst du mit jemandem sprechen und sagen, dass ich hier gefangen gehalten werde?«

Vielleicht ist es doch nicht so hoffnungslos, wie sie dachte.

Die Stimme ist ganz ruhig, fast schon resigniert.

»Ich habe dein Interview gesehen, ich hatte die Hoffnungen, du holst uns alle aus diesem Alptraum. Ich bin seit sechs Wochen und drei Tagen hier. Ich habe dieses Zimmer nicht einmal verlassen und außer Milo und den beiden Männern, die mir das Essen ins Zimmer stellen, sehe ich auch niemanden. War Milo bei dir? Vielleicht verschont er mich dann heute.«

Sie hat noch niemals solch eine verzweifelte Stimme gehört, Catalina schließt die Augen.

»Er hat gesagt, dass er wegfliegt. Gibt es denn keine Möglichkeit, hier zu entkommen? Sich bemerkbar zu machen? Hat keiner mitbekommen, dass du hier bist?«

Das kann doch nicht sein.

»Das weiß ich nicht, aber glaube mir, ich habe alles probiert, um zu fliehen. Es gibt keine Chance. Du wirst nur bestraft. Mein Arm ist schon seit mehreren Wochen gebrochen, es interessiert Milo nicht. Wenn wir sterben, sterben wir eben. Du weißt nicht, wie grausam dieser Mann ist. Ich hatte wirklich die Hoffnung, nachdem ich das Interview gesehen habe, all das hier könnte bald vorbei sein.«

Catalina treten erneut Tränen in die Augen, als sie begreift, wie schlimm die Situation ist.

Sie lehnt ihre Wange gegen die Wand.

»Ich wollte es wirklich. Doch ich habe es nicht geschafft. Es tut mir so leid.«

# Kapitel 10

Catalina verliert sehr schnell das Zeitgefühl in diesen abgedunkelten Räumen.

Sie sitzt in der Duschkabine und spricht mit der Frau des Präsidenten. Man hört sofort, wie verzweifelt die Frau ist und wie froh sie ist, endlich wieder mit jemandem sprechen zu können. Sie fragt, ob Catalina weiß, ob ihr Mann versucht, sie hier herauszuholen, doch sie weiß es nicht. Sie weiß gerade mal, dass Milo sie entführt hat. Die Frau erklärt, dass sie den ganzen Tag über alle Nachrichtensender abhört, in der Hoffnung, etwas über sich zu finden, doch sie findet nichts.

Niedergeschlagen erzählt sie, dass ihr Mann, nachdem er mitbekommen hat, welche Gräueltaten Milo begeht, angefangen hat, den Kontakt und die Unterstützung zu unterbinden. Mit Catalinas Vater haben sie sich gut verstanden. Der Präsident hat quasi für ihn gearbeitet und es war immer ein gutes Verhältnis, doch seit Milo die Macht übernommen hat, war klar, dass das so nicht fortbestehen würde.

Der Präsident hat nicht die Macht, Milo zu stürzen, so paradox das klingt. Doch er wollte sich trotzdem davon distanzieren, und sobald Milo das mitbekommen hat, hat er ihn bedroht. Der Präsident hat sich daraufhin etwas mehr zurückgehalten, doch trotzdem hat man die Spannungen gespürt. Als Milo mitbekommen hat, dass er hinter seinem Rücken ein Treffen mit wichtigen Führungsmitgliedern abgehalten hat, ist er mitten in der Nacht zu ihrem Haus gekommen.

Er hatte ursprünglich vor, ihre beiden Kinder mitzunehmen, doch die Frau des Präsidenten hat ihn so lange angebettelt, die beiden zu verschonen, dass er sie mitgenommen hat. Milo hält sie als Druckmittel gefangen, damit der Präsident es nicht mehr wagt, sich gegen ihn zu stellen.

Sie fragt ihn jedes Mal, wie lange sie noch hierbleiben muss, sie schwört ihm, dass sie niemandem sagen wird, was er ihr alles hier in der Gefangenschaft antut, doch er lacht nur jedes Mal und sagt, dass er sie solange behält, wie er es möchte und wenn es für immer ist.

Catalina fühlt, wie die Enttäuschung über ihre Niederlage über sie hereinbricht. Sie wird nicht schlafen können oder sich mit diesem Schicksal hier abfinden, deswegen spricht sie einfach weiter mit der Frau.

Auch sie erzählt ihr ein wenig, wie all das passieren konnte und fragt nach, ob sie bisher keine Möglichkeit hatte zu fliehen und ob sie weiß, welche Männer sie bewachen oder etwas von Natia gehört hat oder sie vielleicht sogar gesehen hat.

Die Frau erzählt, dass es bei ihr ähnlich wie bei Catalina war. Sie ist mitten in der Nacht hergebracht und sofort in das Zimmer eingeschlossen worden. Seitdem kommt nur Milo zu ihr, es sind Wachen da, die ihr dreimal am Tag einen Teller mit Essen ins Zimmer stellen, doch wenn sie versucht, mit ihnen zu sprechen oder etwas zu fragen, reagieren sie nicht.

Es sind immer die gleichen zwei Männer. Sie hat sonst niemand anderen gesehen. Sie hört auch kaum andere Menschen, manchmal hört sie Baulärm oder Männerstimmen, aber so gedämpft, dass sie nicht einmal versteht, was sie sagen.

Sie erklärt, dass sie alles probiert hat.

Sie hat Stunden über Stunden geschrien, gebettelt, Essen verweigert, es interessiert niemanden und nun hat sie einfach resigniert. Man hört sofort, dass Catalinas Anwesenheit sie wieder neuen Mut fassen lässt.

Es ist schwer zu sagen, wie lange sie miteinander sprechen, irgendwann fällt alles von Catalina ab und sie spürt diese tiefe Müdigkeit in ihre Glieder fahren. Als auch die Frau sich nicht mehr meldet, ist sie sicher, dass sie eingeschlafen ist und steht das erste Mal wieder auf.

Ihr Körper fühlt sich taub an.

Sie erkennt Licht durch die Schlitze der Jalousien. Es muss Tag sein.

Catalina versucht sich zu orientieren. In dem Zimmer, in dem sie ist, gehen die Fenster nicht zum Hof hinaus, sondern in Richtung Weide, auf der sie immer ausgeritten sind. Das bedeutet, sie kann sich die Kehle aus dem Leib schreien, wenn niemand in der Nähe ihres Raumes ist, hört sie auch keiner.

Noch einmal geht Catalina alles ab, sucht nach einer Lösung, um hier herauszukommen, doch ihr fällt nichts ein. Sie kennt das Gefühl machtlos zu sein zu gut von ihrer Hochzeit damals, auch jetzt hat sie das Gefühl, man würde ihre Kehle zuschnüren.

Als sie sich auf das Bett legt, versucht sie, sich zu konzentrieren, sie muss eine Lösung finden, sie muss, die Alternative, die ihr blüht, wenn Milo zurück ist, darf sie nicht zulassen.

Doch auch wenn sie noch so aufgewühlt ist, ihr Körper übernimmt die Kontrolle und Catalina fällt in einen tiefen Schlaf, aus dem sie erst wach wird, als sie die Tür hört.

Sie sitzt sofort kerzengerade im Bett. Es dauert einen Augenblick, bis sie versteht, wo sie ist und zwei Tabletts entdeckt, die an ihrer Tür stehen. Sie hat die Männer verpasst, die ihr die Tabletts hereingebracht haben. Verdammt, sie wollte unbedingt sehen, ob sie die Männer kennt.

Sie muss so tief geschlafen haben, dass sie es nicht bemerkt hat, dass jemand ins Zimmer gekommen ist. Catalina geht zu den Tabletts. Auf einem steht ein Croissant, Kaffee, Schokolade, frisch geschnittenes Obst und eine Rose.

Milo hat doch nicht ernsthaft Hoffnungen, er könnte Catalina irgendwie dazu bekommen, freiwillig bei ihm zu bleiben? Allerdings ist er so seinem Wahn verfallen, dass ihm alles zuzutrauen ist.

Auf dem anderen Tablett steht ein Teller mit gefüllten Kohlblättern, eine Spezialität ihrer Mutter und eines von Catalinas Lieblingsgerichten. Wie kann Milo denken, dass er sie so erweicht?

Leider meldet sich ihr Magen und Catalina isst von beiden Tabletts. Es stehen auch mehrere Flaschen Wasser und Limonade im Eingangsbereich.

Nachdem sie etwas gegessen hat, fühlt sich Catalina schon besser, sie will den Fernseher einschalten, um zu sehen, wie spät es ist, doch sie hört die Stimme der Frau.

Catalina geht ins Bad, um sich mit ihr zu unterhalten, dabei sieht sie, dass ihre ganze Kleidung noch voller Blut ist und auch in ihrem Gesicht noch Blutspuren sind. Das bringt sie auf eine Idee. Sie fragt die Frau, wie die Männer aussahen, die heute die Tabletts gebracht haben und ob sie sicher ist, dass immer jemand bei ihnen im Flur steht.

Sie beschreibt die beiden Männer, die auch gestern dabei waren, als Milo Catalina geholt hat. Wahrscheinlich wird er kein Risiko eingehen und sie von jemanden bewachen lassen, der sie kennt. Es weiß sicher nicht einmal jemand, dass sie hier ist.

Trotzdem geht Catalina zur Tür und klopft dagegen.

»Hallo? Ich brauche neue Anziehsachen.«

Sie wartet, doch niemand reagiert.

»Hallo, meine ganzen Sachen sind voller Blut, ich brauche dringend neue. Ist da jemand?«

Sie legt ihr Ohr an die Tür und hört, dass sich draußen jemand bewegt.

»Ich denke nicht, dass ...«

»Von der Tür weg.«

Catalina weicht zur Seite, die Tür öffnet sich und einer der Männer von gestern Abend steht davor. Er hat eine Glatze und ein riesiges Kreuz darauf tätowiert. Er hat dunkle Augen, fast schwarz, die sie genervt anblicken.

»Hier!«

Er wirft ihr einen Stapel mit Kleidungsstücken hin. Catalina erkennt sofort, dass das die Sachen von Natia sind.

»Das sind die Sachen meiner Schwester, ist sie da? Weiß sie, dass ich hier bin?« Der Mann bleibt stehen und sieht sie von oben bis unten an, dann lacht er gehässig auf und verlässt den Raum wieder.

»Nein, warte, ich ...« Catalina steht wieder vor der Tür, die er sofort abschließt.

Sie nimmt die Sachen ihrer Schwester an sich. Sie kennt jedes einzelne Teil. Natia dürfte nichts mehr davon passen, sie muss jetzt schon einen riesigen Bauch haben. Die Sachen riechen frisch gewaschen. Ob Natia weiß, was Milo hier alles tut? Auch wenn sie sich verändert hat, kann Catalina sich niemals vorstellen, dass sie das gutheißen wird.

Catalina geht duschen, sie hört noch einmal die Stimme der Frau, ignoriert sie aber. Sie braucht einen Moment für sich. Während die warmen Strahlen auf Catalina herunterprasseln, lässt sie ihren Tränen freien Lauf. Sie muss an die arme Frau denken, die sie bei sich aufgenommen hat, wäre sie doch niemals zu ihr gegangen.

Sie schließt die Augen und träumt sich für einen Moment in Santiagos Arme zurück. Sie würde gerade alles dafür tun, jetzt bei ihm zu sein, seine schützende Nähe zu spüren. Wahrscheinlich wusste er, wussten alle, dass das hier eine Nummer zu groß für Catalina ist.

Dass sie das nicht hätte wagen sollen, doch sie hatte keine andere Wahl, und auch wenn alles schiefgegangen ist, kann Catalina es auch nicht bereuen. Sie hat es wenigstens versucht, hätte sie nicht einmal das getan, hätte sie sich das auch nicht verzeihen können.

Sie cremt sich ein und zieht die Sachen von Natia an. Auch wenn sie jetzt wieder etwas frischer und gestärkt ist, fühlt sie sich überhaupt nicht besser. Catalina legt sich aufs Bett und schaltet den Fernseher an.

Sie sucht alle Sender ab, sie weiß, dass sie hier alle lateinamerikanischen Sender empfangen und es dauert eine Weile, bis sie die bekanntesten gefunden hat, doch in den Nachrichten ist nichts zu sehen.

Was hat sie auch erwartet? Sie selbst hat dafür gesorgt, dass niemand sie so schnell vermissen wird. Santiago denkt, sie ist bei ihrer Mutter und sie haben einen furchtbaren Streit, sodass er die nächsten Tage sicherlich einfach nur froh ist, nichts von Catalina zu hören.

Armando wird heute auf ihren Anruf gewartet haben, er wird ahnen, dass sie in Kolumbien ist, ob er weiß, dass sie so nah ist, bezweifelt sie. Noch während sie nach weiteren Sendern sieht, hört sie ein lautes Männerlachen.

Es muss unter ihrem Fenster sein.

Sie springt auf und rennt zu dem Fenster. Die Jalousien sind zu und das Fenster geschlossen, trotzdem beginnt Catalina laut zu schreien. »Wer auch immer da unten ist. Hier ist Catalina, Alvaros Tochter. Ich werde hier gefangengehalten, ihr müsst mich hier rausholen.« Sie schlägt gegen die Jalousien und macht solch einen Lärm, dass man das unmöglich überhören kann.

Sie hält nur ein, um zu hören, ob jemand reagiert, dann schreit und klopft sie weiter, solange, bis ihre Hände blutig und ihre Stimme nur noch ein leises Kratzen ist. Erschöpft sackt sie zu Boden.

»Das bringt nichts, ich habe das tagelang getan.«

Sie hört die Stimme der Frau, nachdem sie eine Weile Ruhe gegeben hat. Catalina geht zurück in die Duschwand und lehnt ihren Kopf wieder gegen die kalten Fliesen. »Aber vielleicht hört uns irgendjemand, ich kann mir nicht vorstellen, dass das niemand hört. Ich habe hier selbst jahrelang gelebt, ich hätte das doch damals sicherlich mitbekommen.«

Die Frau lacht leise auf. »All die Gedanken habe ich mir am Anfang auch gemacht, irgendwann vergeht das, Catalina, glaub mir.«

Sie wird niemals aufhören, fliehen zu wollen. Sie wird sich nicht einfach ihrem Schicksal fügen, nicht dieses Mal.

Die Frau erzählt ihr, was sie in der Anfangszeit alles unternommen hat, doch noch während sie miteinander sprechen, geht Catalinas Tür wieder auf. Sie rennt zur Tür und sieht den anderen Mann, der gestern dabei war. Er hat ein weiteres Tablett in der Hand und hält eine Waffe auf sie gerichtet.

»Bleib da und hör auf, hier solch einen Terror zu veranstalten, es hilft dir keiner.« Catalina geht trotzdem weiter auf ihn zu. »Wie heißt du? Wo sind die anderen Männer? Armando, Aydos,

Diego? Wissen sie, dass ich hier bin? Sag ihnen, dass ich hier bin. Wo ist meine Schwester? Weißt du überhaupt, wer ...«

Bevor Catalina ihn erreichen kann, hat der Mann die Tür wieder zugemacht und abgeschlossen.

Sie hämmert gegen die Tür. »Sag ihnen, dass ich hier bin!« Catalina hämmert noch eine Weile gegen die Tür und verflucht den Mann, doch da ihre Hände eh schon verletzt sind, hat sie bald keine Kraft mehr. Sie isst nichts vom Tablett, trinkt nur den Eistee darauf und will erneut anfangen, gegen die Jalousien zu schlagen.

Abends treffen sich die Männer immer im Hof der Finca, vielleicht hört einer sie. Doch sie wird plötzlich so müde, dass sie es nur bis zum Bett schafft und sich hinlegt. Sie müssen ihr irgendetwas ins Getränk getan haben.

Als Catalina wieder zu sich kommt, spürt sie Arme um sich. Sie lächelt, hat sie all das nur geträumt? Blitzschnell dreht sie sich um, um Santiago einen Kuss zu geben, doch sie sieht direkt in Milos schlafendes Gesicht.

Sie weicht so schnell zurück, dass sie vom Bett fällt und laut aufschreit. Ihr Arm tut weh, als sie aufsteht, hat sich Milo schon leicht aufgesetzt und sieht Catalina müde an. »Früher hast du mich netter geweckt.«

Catalina weicht so weit weg, wie sie kann.

»Wieso bist du hier? Wie kannst du es wagen, neben mir zu schlafen?«

Milo reibt sich die Augen. Catalina sieht sich sofort um, ob irgendwo eine Waffe von ihm liegt, doch sie kann keine entdecken.

»Wir werden noch viel mehr teilen, Catalina, und je schneller du dich damit abfindest, desto besser. Ich werde mal Frühstück für uns besorgen und ...«

Catalina sieht angeekelt an sich herunter. Sie haben sie betäubt, sie hat keine Ahnung, was in den letzten Stunden passiert ist, oder wie lange sie geschlafen hat, noch wie spät es jetzt überhaupt ist.

»Hast du ….« Milo folgt ihrem Blick.

»Nein, das möchte ich natürlich wieder mit dir genießen, dafür sollst du schon wach sein, also was hältst du davon, wir stärken uns und dann sehen wir mal nach, was von früher wir beide noch voneinander wissen.«

Er kommt über das Bett und kommt dicht an sie heran. »Nein!« Catalina will ihn wegschubsen, doch das bringt ihn nur zum Lachen. Milo trägt eine Boxershorts. Sie kennt diesen Anblick, doch jetzt ruft das nur noch Ekel in ihr hervor. Wie konnte sie diesen Mann jemals lieben?

Er drängt sie an die Wand. Seine Lippen fahren ihren Hals entlang und er stellt sich zwischen ihre Beine. »Hier warst du doch immer so empfindlich …« Catalina versucht, ihn von sich zu schieben, doch sie hat keine Chance.

»Was ist mit Natia? Du bist mit ihr verheiratet. Denkst du, sie möchte dich mit ihrer Schwester teilen? Sie ist schwanger von dir, Milo, denk doch …«

Er lacht laut auf. »Du hast keine Ahnung, glaub mir, Natia ist die Letzte, die uns Ärger machen kann, also zeig mir mal, wie leid es dir tut, dass du dich hier wie eine Verrückte aufführst.«

Er nimmt ihre Hand und führt sie an seinen Schritt. Catalina nutzt diesen Moment und schiebt ihn so stark von sich, dass er taumelt. Er fängt sich aber sehr schnell wieder und schlägt hart zu. So hart, dass Catalina zu Boden geht. Sie spürt erneut Blut an ihrer Wange und ihr Arm tut noch mehr weh. Doch ehe sie reagieren kann, steht Milo schon über ihr.

»Okay, ich wollte es nicht, doch offenbar muss ich dich zu deinem Glück zwingen.«

Er will sich gerade die Boxershorts herunterziehen, da klopft es.

»Jetzt nicht!« Catalina weicht nach hinten und Milo greift nach ihrem Bein.

»Es ist dringend, die Männer versammeln sich alle auf dem Hof, die Grenzposten haben uns gerade Bescheid gegeben, dass die Rojos versuchen, von zwei Grenzübergängen ins Land zu kommen, sie greifen an.«

Catalinas Herz beginnt augenblicklich zu rasen: Santiago.

Milo hält ein, er sieht sie an, sieht ihre Reaktion und lacht.

»Dann werden wir dich erst zur Witwe machen und dann komme ich zurück und wir amüsieren uns.«

# Kapitel 11

Schneller als Catalina reagieren kann ist Milo weg.

Sie rennt zur Tür und schlägt dagegen. »Wehe, du tust Santiago etwas an. Lass mich frei, Milo!«

Verdammt. Catalina wird heiß, sie hat sich noch niemals so hilflos gefühlt. »Das darfst du nicht tun. Bitte nicht!« Ihre Hände schmerzen, sie kann nicht mehr gegen die Tür hämmern. Ihr Arm brennt und sie blutet.

Wieso hat Santiago so schnell gemerkt, dass Catalina weg ist? Sie will sich gar nicht vorstellen, was jetzt gerade an den Grenzen los ist. Wie soll sie damit leben, wenn einem von Santiagos Männern oder vielleicht sogar ihm selbst etwas passiert, nur weil sie versuchen wollte, ihre Familia zu retten?

Catalina hat das Gefühl durchzudrehen, sie läuft im Zimmer auf und ab und schreit verzweifelt nach Hilfe. Sie sieht Santiagos Gesicht vor sich, wie sie in dem kleinen Haus am Meer waren und er sie liebevoll angelächelt hat, nachdem sie sich geliebt haben. Ihm darf nichts passieren und wenn sie ihr Leben lang hier eingesperrt bleibt, doch er muss all das überleben.

»Versuch dich zu beruhigen.«

Catalina hört die Stimme aus dem Nebenraum und geht in Richtung Bad.

»Ich kann nicht, ich bekomme keine Luft mehr. Milo will meinen Mann töten, der nur wegen mir hier ist und ich kann nichts tun, außer hier zu warten, dass Milo zurückkommt und seinen kranken Scheiß weiter durchzieht. Ich werde wahnsinnig.«

Die Frau schweigt einen Moment.

»Das Einzige was hilft, ist zu duschen. Jedes Mal wenn es mir so geht, gehe ich duschen. Das beruhigt mich wieder.«

Catalina sieht in den Spiegel. Sie ist über und über voll mit Blut. Milo hat ihr eine Platzwunde auf die Wange geschlagen. »Ich will mich nicht beruhigen, ich brauche eine Lösung.«

Trotzdem zieht sie sich ihr Shirt und alles andere aus. Sie riecht noch Milo an sich und will all das von sich waschen. Sie hat die Nacht neben diesem Monster verbracht. Deswegen geht sie auch in die Dusche und lässt die warmen Strahlen all das von sich waschen, wozu das Wasser in der Lage ist. Ihre Angst, ihre Sorge, ihre Hilflosigkeit lassen sich nicht entfernen, doch das Blut und den Geruch von Milo wird sie los.

Sie versucht, ruhig zu atmen, während sie unter der Dusche steht. Sie wäscht ihre Haare, und gerade, als sie nach dem Shampoo greift, fällt ihr etwas auf.

Sie bückt sich komplett zu der angesprungenen Fliese. Der Sprung ist relativ groß. Sie hat noch immer das Shampoo in der Hand und schlägt damit weiter gegen den Sprung. Immer wieder. Es dauert einige Zeit, ihre Haut wird immer aufgeweichter und das Wasser immer kälter, doch irgendwann bricht ein Stück der Fliese ab und Catalina kann mit ihren Fingernägeln und viel Kraft die zwei Fliesenstücken von der Wand nehmen.

Durch den Sprung sind sie scharf. Catalina verlässt die Dusche und trocknet sich ab, dabei legt sie die Fliesenstücke vorsichtig auf einer kleinen Ablage ab.

»Und, hast du dich etwas beruhigen können?«

Catalina cremt sich ein und flechtet mit ihren nassen Haaren einen Zopf, dabei rasen ihre Gedanken. »Viel besser als das.« Sie erklärt Maria, dass sie in den Nachrichten nachsehen möchte, ob sie etwas wegen ihres Mannes entdeckt, dann geht sie ins andere Zimmer und schaltet den Fernseher an. Lauter als sonst, aber auch nicht so laut, dass es auffällig wäre.

Sie versucht über eine Stunde lang, mit einer der abgebrochenen Fliesen die Jalousien zu öffnen. Irgendwie den Spalt zu vergrößern, zwischen die schweren Eisenschieber zu kommen, doch als dann irgendwann das eine Stück Fliese komplett zerbricht, weiß sie, dass dieser Plan ihr nichts bringen wird.

Sie setzt sich aufs Bett. Nein, nein, nein, sie muss etwas tun. Sie sieht zur Tür, man hört von unten Stimmen und Gemurmel. Selbst hier oben bekommt man mit, dass es unruhig auf der Finca ist. Eine Weile setzt sie sich an die Tür und lauscht, doch man hört nichts Genaues, nur hin und wieder Stimmen-Wirrwarr oder einen gerufenen Namen.

Sie denkt gerade daran, sich wieder laut bemerkbar zu machen, da fällt ihr ein, dass sie noch kein Frühstück oder Mittagessen bekommen hat. Sie geht schnell ins Bad. »Hast du Frühstück oder Mittagessen bekommen?« Maria antwortet sofort. »Frühstück, das Mittag fällt offenbar aus, das hätte schon längst kommen müssen.« Catalina denkt nach. Sie hat lange geschlafen und da Milo bei ihr war, haben sie ihr kein Frühstück hingestellt.

»Wann kommt das letzte Essen am Abend?«

»So gegen sieben oder acht.«

Catalina sieht zum Fernseher. Das dauert noch ein wenig, doch jetzt wird ihre einzige Chance sein. Sie sieht zur Fliese und atmet tief ein. Jetzt darf es nicht noch einmal schiefgehen.

Sie hämmert gegen die Tür.

»Ich habe Hunger, ich habe noch nichts gegessen.« Sie hört genau hin und wiederholt das fast zehnmal, doch es kommt keine Reaktion vom Flur, offenbar ist da gerade niemand, wahrscheinlich, weil jeder Mann gebraucht wird. Catalina kann nur hoffen, dass sie heute nicht ganz vergessen werden.

Sie setzt sich auf das Bett, starrt die Tür an und hält die abgebrochene Fliese in der Hand fest umschlossen, auch wenn ihre aufgeplatzten Hände schmerzen, sie muss diese Chance nutzen, es wird ihre einzige sein.

Es ist unmöglich zu sagen, wie viel Zeit vergeht. Catalina hat das Zeitgefühl komplett verloren, so angespannt ist sie. Sie hört jede Bewegung und jede Stimme, doch es ist ganz klar, dass eine ganze Weile niemand im Haus ist.

Maria versucht hin und wieder mit Catalina zu sprechen, doch sie kann nicht. Sie sitzt auf dem Bett und starrt auf die Tür, irgendwann hält sie diese Position nicht mehr aus und lehnt sich gegen die Tür, um besser hören zu können. Die ganze Zeit denkt sie an Santiago. Sie kann nur beten, dass ihm und seinen Männern nichts passiert und dass auch niemand von ihrer Familia zu Schaden kommt, auch wenn sie weiß, wie naiv es ist, so zu denken.

Sie hatte noch zwei Flaschen mit Wasser, die sie nun leert, sie verspürt zwar keinen Hunger, doch sie weiß, dass ihr Körper nach etwas Essbarem verlangt.

Als sie gerade daran denkt, aufzustehen und ins Bad zu gehen, um sich abzulenken und ein wenig mit Maria zu unterhalten, wird es auf einmal laut im Haus. »Dieser verdammte … Geht nach oben, leert die Waffenkammer. Wir brauchen alles. Alle Männer sollen auf den Hof kommen. Macht auch die restlichen Autos bereit. Wir müssen sie finden!«

Milos Stimme donnert bis zu ihnen nach oben. Das ist gut, es hört sich so an, als hätte er Santiago nicht schnappen können. Vielleicht haben sie sich zurückgezogen oder den Versuch abgebrochen, Hoffnung keimt in Catalina auf und stärkt sie sofort. Santiago ist nichts passiert.

Es ist laut unten, immer mehr Stimmen ertönen, bevor es leiser wird.

Man hört Schritte die Treppe heraufkommen.

»Ich brauche meine andere Waffe. Du bleibst bei den Frauen.« Catalinas Herz schlägt schneller, sie geht von der Tür weg, weil sie erwartet, dass diese nun geöffnet wird, doch die Schritte gehen vorbei.

»Es ist besser, wenn ich mitkomme, du brauchst jeden Mann und ...«

Eine Frauenstimme lässt Catalina aufhorchen.

»Señor, ich habe die Mittagstabletts noch in der Küche, die Abendtabletts sind fertig. Ich darf ja nicht in die Nähe der ...«

Milo unterbricht sie, einen Moment dachte Catalina, es wäre Natia, doch es scheint eine Haushälterin zu sein. »Keiner geht in die Nähe der Zimmer. Basha, du musst auf die Frauen aufpassen, bring ihnen das Essen und bleibe bei den Räumen. Sollte jemand in das Haus eindringen, bringe sie weg. Verstecke sie und warte darauf, dass ich mich melde. Hast du verstanden?«

Catalina hält den Atem an, Milo scheint sich seines Sieges nicht mehr ganz so sicher zu sein.

Dann ist es wieder ruhig, sie hört Schritte und eine ganze Weile nichts mehr. Milo scheint das Haus wieder verlassen zu haben. Der Mann sollte ihnen jetzt das Essen bringen. Catalina geht ins Bad. Sie atmet noch einmal tief ein und sieht in den Spiegel.

Sie ist blass, man sieht ihr die vielen Tränen der letzten Tage an, ihr Arm tut weh, er ist sicherlich verstaucht oder geprellt, ihre Hände sind voller Wunden, ihre Wange trägt eine große Platzwunde.

Sie bindet sich einen hohen Zopf, sie hat eine graue Jogginghose und ein weißes Top von Natia an, sie trägt nur Strümpfe, sie hat keine Schuhe, Milo hat seine Männer beauftragt, alles was Catalina gehört, zu vernichten.

Sie bindet ein Handtuch um die abgebrochene Fliese und hält sie fest in ihrer Hand. Sie hat sie vorhin so lange mit dem Metall der Jalousien geschliffen, dass sie jetzt so scharf geworden ist, wie es eben bei einer Fliese geht. Catalina weiß, dass ihre Chancen schlecht stehen, doch sie hat nur eine Chance und sie weiß, wie sie einen größeren Gegner angreifen kann.

Zumindest erinnert sie sich noch an einige Einzelheiten. Damals wurden Töchter eines guten Freundes ihres Vaters entführt und er hat Elias und Milo beauftragt, Catalina und Natia einige Tricks zu zeigen, wie sie sich wehren können. Es war mehr Spaß als alles andere, doch einige Sachen hat sich Catalina gemerkt und atmet tief ein. Sie sieht, dass es einen kleinen Schlüssel für das Bad gibt und ihr kommt noch eine Idee. Catalina geht zu dem Stuhl, der im Zimmer steht. Sie dreht ihn um und tritt mit aller Kraft gegen eines der Holzbeine.

Der Stuhl ist stabil, doch nach mehreren Versuchen und mit der Kraft ihrer Hände, schafft sie es, dass er zersplittert und sie das Bein vom Rest des Stuhles trennen kann.

Sie versteckt den Rest des Stuhles hinterm Bett, da hört sie schon Marias Stimme aus dem Zimmer neben ihr. »Lass mich raus, bitte. Ich tue auch alles ...« Der Mann ist bei Maria.

Catalina stellt sich blitzschnell in den Schrank und schließt die Tür. Sie atmet schneller, achtet aber darauf, ganz leise zu sein. Es dauert einen Moment, da geht auch der Schlüssel in ihrer Tür.

Der Mann öffnet die Tür langsam, er hat das Tablett in der Hand und auch die Waffe, die er natürlich so nicht so sicher umfassen kann. Er setzt an etwas zu sagen, doch sieht sich überrascht im Raum um. »Wo steckst du?«

Sofort steuert er das Bad an. Wenn Catalina jetzt hinausrennt und einfach auf den Flur, wird er sie bekommen, so schnell kann sie gar nicht sein. Sie muss es anders versuchen. In dem Moment, als er ins Bad hineinschaut, geht Catalina blitzschnell und ganz leise zu ihm. Mit ihrer ganzen Kraft sticht sie mit der Fliese zu, sie weiß nicht mal, ob sie seine Schulter oder den Hals trifft, sie reagiert so schnell, dass sie das gar nicht mitbekommt.

Der Mann lässt im selben Moment das Tablett fallen und auch die Waffe. Catalina lässt die Fliese los und umfasst mit beiden Händen das Stuhlbein. Sie schlägt so oft und so hart sie kann mehrmals hintereinander auf den Rücken des Mannes ein, der nach vorne weicht, um sich umzudrehen, doch Catalina lässt das Stuhlbein los, stößt ihn mit ihrer letzten Kraft, und nur weil er von den Schlägen überrascht ist, ins Bad, reißt die Tür zu und schließt ab.

Catalinas Herz rast, doch sie hat es geschafft. Sofort wirft sich der Mann gegen die Tür.

»Du verfluchte Schlampe, na warte.« Sie weiß, dass sie schnell sein muss. Er wird die Tür jeden Moment einreißen. Catalina greift nach seiner Waffe und geht sofort aus dem Raum. Er hat die Schlüssel im Schloss gelassen und sie schließt den Raum wieder ab. Gegen die Tür kann er so schnell nichts ausrichten.

Sie sieht sich um, sie kennt dieses Haus und diesen Flur in- und auswendig, sie muss schnell und ruhig handeln. Die Schlüssel in ihren Fingern zittern, sie geht zu der Tür, die neben ihr liegt und öffnet sie. Eine hübsche dunkelhaarige Frau in einem weißen Satinschlafkleid sieht sie verwirrt an.

Catalina stockt. Die Frau ist von oben bis unten mit blauen Flecken, Schrammen und Narben übersät. Milo dieses Tier. »Wie hast du das geschafft?« Sie selbst holt sie aus der Starre.

»Wir haben keine Zeit, komm mit!«

Maria kommt zu ihr, sie ist barfuß, gemeinsam rennen sie zu den Treppen, doch da hören sie Schüsse und Schreie vom Hof. Es hört sich so an, als wäre da unten der Krieg ausgebrochen. Catalina bleibt stehen, wenn sie da hinausgehen, sind sie sofort wieder in den Zimmern eingesperrt.

Sie denkt nach und zum Glück fällt ihr etwas ein. Sie gehen leise die Treppe hinab bis zum Eingang des Geheimtunnels. Ihr Vater wollte ihn immer zumachen lassen, weil zu viele davon wussten, doch seine Sorge, dass er ihn doch mal brauchen könnte, hat ihn das immer wieder aufschieben lassen.

Catalina wusste nicht, ob er wirklich noch existiert und sicherlich haben die meisten ihn komplett vergessen, doch als sie ihn jetzt betreten, sieht sie, dass alles noch genau wie früher ist.

»Verschwindet hier, oder ...«

Catalina hört Milos Stimme und Schüsse. Sie fordert Maria auf, schnell in den Gang zu gehen. Es ist dunkel, doch da es nur einen Weg gibt, finden sie sehr schnell zu dem Ausgang, der zum Glück noch immer offen ist.

»Wenn du hier über die Felder läufst, kommst du zu einer größeren Straße. Halte dort niemanden an, die Wahrscheinlichkeit, dass sie zu den Delgardos gehören und Milo gehorchen, ist groß, lauf am Weg entlang und versuch unentdeckt zu bleiben, bis du zur Kirche kommst. Frag nach dem Padre, er wird dir helfen. Sag, Catalina schickt dich.«

Maria nickt dankbar und sieht sie an.

»Kommst du nicht mit? Du musst von hier verschwinden, wenn Milo dich noch einmal fängt, wirst du nie wieder von ihm wegkommen.«

Catalina nickt. Noch immer hört sie die Schüsse von der Finca.

»Ich weiß, aber ich muss dieses Risiko eingehen, diesen Fluch habe ich wahrscheinlich bei meiner Geburt in die Wiege gelegt bekommen.«

Maria will nur noch weg hier, Catalina empfindet genauso, doch sie kann es nicht. Milo kämpft gerade gegen die Rojos den Kampf, den Catalina immer verhindern wollte, sie kann dem nicht den Rücken zukehren, sie kämpfen zum größten Teil ihretwegen.

Maria umarmt sie.

»Renn zu deinem Mann und deinen Kindern und wenn wir beide in Sicherheit sind, treffen wir uns und trinken einen Kaffee zusammen und wenn wir dann miteinander sprechen, sehen wir uns dabei in die Augen.«

Die Frau des Präsidenten nickt und wendet sich schnell ab. Sie sieht ihr noch einmal hinterher, wie sie flieht. Alles in Catalina schreit danach, dasselbe zu tun, doch sie kann nicht. Sie umfasst die Waffe des Mannes fest und geht zurück in den Geheimgang.

Je näher sie zurück zum Haus kommt, desto lauter wird es. Catalina spricht ein leises Gebet, bekreuzigt sich und atmet tief ein, bevor sie aus dem Tunnel zurück ins Haus ihres Vaters tritt.

# Kapitel 12

Es ist niemand im Haus zu sehen, man hört auch von oben nichts, auch wenn sie sich sicher ist, dass der Mann, den sie eingeschlossen hat, Lärm machen wird, vielleicht hat Milo alles dämmen lassen, Catalina weiß es nicht.

Sie sieht sich genau um und erst als sie sicher ist, dass alle draußen sind, sieht sie nach, ob die Waffe geladen ist, wenigstens das kann sie. Dann geht sie vorsichtig ans Fenster, um zu sehen, was genau los ist.

Catalina ist ganz vorsichtig, doch niemand achtet auf sie.

Milo und mehrere ihrer Männer knien hinter umgeworfenen Tonnen oder Autos und schießen auf Autos am Eingang der Finca und zu den Wachmauern, die von anderen besetzt sein müssen. Auch von den anderen Seiten scheinen Leute zu schießen, Catalina kann nicht sagen, wo sich wer versteckt hält, doch es liegen auch überall Männer auf dem Boden. Das hier kann nicht gut gehen.

Sie sieht sich einen Augenblick alles genau an. Milo sitzt mit dem Rücken zu ihr, er schießt auf ein Auto und schreit einem seiner Männer etwas zu.

Catalina erkennt Armando nicht weit weg von ihm. Sie muss etwas tun, nur sie kann all das hier beenden. Catalina umfasst die Waffe in ihrer Hand und geht zur Haustür, die sogar halb offensteht.

Sie bietet garantiert keinen Schutz vor den Kugeln, doch Catalina versucht trotzdem, sich dahinter zu verbergen und zielt gleichzeitig auf Milo. Sie will keinen Menschen töten, nicht einmal Milo, doch wenn sie es muss, wird sie es tun. Zuerst aber zielt sie auf seinen Arm, in der er die Waffe hält.

Catalina drückt ab, beim ersten Mal verfehlt sie ihn, doch sie versucht es sofort nochmal und Milo schreit auf. Sie weiß, dass sie handeln muss, sie sieht, dass er die Waffe hat fallen lassen und sich umwendet und schießt ihm in die Schulter. Sie wollte woanders treffen, doch Catalina hat keine Erfahrungen im Schießen, lediglich die Tatsache, dass Milo so nah bei ihr steht, hilft ihr, ihn überhaupt zu treffen.

Im selben Moment wenden sich die Männer der Delgardos zu ihr um, um auf sie zu schießen, da öffnet sie die Tür vollständig und zeigt sich. Sofort halten sie ein und Catalina hört Santiagos vertraute Stimme über den Platz donnern.

»Hört auf zu schießen!«

Catalina sieht zu Armando, der sie verwundert ansieht, er wusste nicht, dass sie hier ist. Sie sieht die Männer an, einen nach dem anderen, sie ist mit fast allen aufgewachsen, keiner weiß, was sie nun tun sollen, doch niemand schießt auf sie. Mit ihrem Erscheinen sind die Schüsse verstummt.

»Du verfluchte Schlampe, schießt du auf deine eigene Familia? Armando, gib mir meine Waffe.«

Milo blutet und will sich zu seiner Waffe beugen, doch Armando greift danach und steht auf.

»Du wirst deine Waffe niemals auf Catalina richten dürfen, nicht, solange ich lebe.«

Catalina spürt, wie sie zu zittern beginnt und bewegt sich, um es zu unterbinden. Genau jetzt darf sie keine Schwäche zeigen. Sie geht von der Veranda hinab, die Waffe noch immer in der Hand und sieht zu den Männern. Bevor sie aber etwas sagen kann, kommen die Rojos hervor.

Hinter einem der Autos erscheint Santiago, Marco neben ihm. Zayn erkennt sie auf der Mauer. Auch aus dieser Entfernung und in der Dunkelheit kann sie Santiago in die Augen sehen und muss aufpassen, nicht komplett zusammenzubrechen. Am liebsten würde sie zu ihm rennen und in seine Arme, doch sie weiß, dass das nicht geht.

Das weiß sie spätestens dann, als alle Delgrados sich wieder den Rojos zuwenden und ihre Waffen durchladen.

Catalina atmet tief durch, bevor sie sich an die Männer ihrer Familia wendet. »Nehmt eure Waffen runter! Die Rojos sind nicht als unsere Feinde hier. Unser Feind liegt hier am Boden. Ich werde nicht zulassen, dass die Delgardos so weitermachen wie die letzten Monate.«

Sie sieht jeden einzelnen Mann dabei an. Nun kommt es darauf an, ob sie sie als Tochter von Alvaro und Anführerin der Delgardos akzeptieren und auf sie hören. Auch die Rojos halten ein und warten ab. Dieser Moment entscheidet alles. Milo schreit die Männer an, Catalina die Waffe wegzunehmen und die Rojos in den Griff zu bekommen, doch Catalina bleibt ruhig und fordert sie erneut dazu auf, die Waffen herunterzunehmen.

Einige Männer kennt sie nicht, doch die, die mit ihr und ihrem Vater die letzten Jahre zusammen verbracht haben, die, die um Elias trauern und wissen, dass das, was Milo getan hat, falsch ist, lassen die Waffen herunter, auch wenn es ihnen nicht so leicht fällt.

Catalina nickt.

Sie hat es geschafft, die Männer akzeptieren sie. Armando kommt zu ihr und nimmt sie in den Arm. »Wie lange bist du hier? Keiner von uns wusste das.«

Catalina muss sich zusammennehmen, um nicht zusammenzubrechen. Sie muss jetzt stark sein, sie hat gar keine andere Wahl. Sie hat in diesem Moment ihr Recht auf den Platz der

Anführerin eingefordert, das ist allen hier bewusst und die Männer hören auf sie.

»Es waren knapp zwei Tage, ich ...«

Santiago tritt zu ihnen, seine Männer vermischen sich mit ihren und auch wenn sie gerade noch aufeinander geschossen haben und sich immer noch nicht über den Weg trauen, zieht keiner mehr die Waffe, nur Milo flucht unentwegt, er muss Schmerzen haben.

Santiago wendet sich zu Marco um und jetzt entdeckt Catalina auch Franco und seine Männer. Auch sie sind gekommen.

»Bringt Milo weg. Ich kümmere mich persönlich um ihn.« Er geht zu Catalina, Armando tritt zur Seite, als Santiago sie am Arm mit ins Haus nimmt, doch Catalina sieht Armando noch einmal in die Augen und auch zu Marco.

»Malik auch, Armando. Es sollen nur noch die loyalen Delgardos hierbleiben, alle anderen sollen in den nächsten Minuten die Finca verlassen, auch Malik und sein Vater. Übernimm du das. Ich kann ihnen nicht mehr trauen. Du hast einen besseren Überblick und weißt, wem wir trauen können und wem Elias getraut hat.« Er nickt und wendet sich an die Männer. »Ihr habt es gehört, alle finden sich sofort hier im Hof ein.«

Mehr bekommt Catalina nicht mit. Santiago zieht sie mit ins Haus und schließt die Tür hinter ihnen.

Sobald sie alleine sind, atmet Catalina schneller, sie lässt die Waffe fallen und kann das Zittern an ihrem Körper nicht mehr verhindern, doch im gleichen Augenblick liegt sie in Santiagos Armen.

Er setzt an, etwas zu sagen, doch Catalina beginnt so stark und schluchzend zu weinen, dass er seinen Griff nur verstärkt und sie an sich hält. »Es ist alles gut, mein Engel. Du hast es geschafft, beruhige dich.«

Sie kann nicht, es dauert einige Minuten, bis Santiagos Anwesenheit, seine ruhige Stimme und seine Lippen an ihren Haaren es schaffen, sie wieder etwas klarer denken zu lassen.

»Wie hast du so schnell bemerkt, dass ich weg bin?«

Es ist das Erste, was Catalina einfällt. »Nachdem ich deine Nachricht abgehört habe, habe ich sofort versucht, dich zu erreichen. Marco meinte, du bist bei deiner Mutter, doch da kamst du nie an. Es war sehr schnell klar. Sieh mich an.«

Santiago weicht zurück und betrachtet Catalina. Er streicht über ihre Wunde und nimmt ihre Hände in seine, dabei stöhnt sie schmerzhaft auf, wegen ihres Armes. »Was hat er noch getan?«

Catalina wischt sich Tränen aus dem Gesicht. »Nicht das, was er wollte, ich … er ist ein Monster.« Sie erzählt ihm zitternd, was die letzten Tage passiert ist, wie sie hergekommen ist und wie Milo sie gefunden hat. Auch von ihrer Gefangenschaft und Maria erzählt sie, und als sie all das noch einmal sich selbt vor Augen führt, kann sie nicht glauben, dass sie das alles überstanden hat.

Santiago nickt und sie sieht in seine vertrauten dunklen Augen, langsam kann sie wieder denken und sie legt traurig ihre Hand an seine Wange. »Ich wollte dir nie wehtun, Santiago, du musst mir das glauben, doch ich muss mich um all das hier kümmern.«

Er lächelt.

»Ich bin die letzten Tage aus Angst um dich fast verrückt geworden.«

Er gibt ihr einen zarten Kuss auf die Lippen, doch Catalina schließt bei dieser kleinen Geste sofort die Augen, um es noch intensiver zu spüren und das bringt Santiago dazu, sie noch einmal und dieses Mal intensiver zu küssen. Catalina öffnet sich ihm, zeigt ihm, wie sehr sie ihn vermisst hat, dass sie ständig an ihn denken musste und dass die Angst um ihn für sie das allerschlimmste Gefühl war.

Auch Santiago zeigt ihr, wie nah ihm all das geht. Als er den Kuss beendet, legt er seine Stirn an ihre und sie hat das Gefühl, dass Tränen in seinen Augen zu sehen sind.

»Wir wussten beide, was uns erwartet am Tag unserer Hochzeit, auch wenn wir das hin und wieder ausgeblendet haben. Doch egal was ist, wie du es auch gesagt hast: Ich liebe dich über alles, Catalina, und das wird all das hier überstehen.«

Sie nickt und legt ihre Arme um seine Schultern.

»Das wird es, wir werden all das hier überstehen.«

In diesem Moment glauben sie beide fest daran, egal was sich gerade vor der Tür abspielt.

Catalina legt erschöpft ihren Kopf an seine Schulter.

»Am liebsten würde ich dich einpacken, mit nach Hause nehmen und dich nicht mehr aus meinen Armen lassen.« Genau das möchte sie auch.

»Ich denke nicht, dass das möglich ist. Ich muss hier für Ordnung sorgen und das wird viel Arbeit, wirklich viel.« Santiago küsst ihre Wange.

»Ich weiß, dass deine Familia dich hier jetzt braucht. Nur weiß ich nicht, wie ich dich hier einfach zurücklassen soll. Ich müsste wissen, dass du hier auch absolut sicher bist. Wenn nicht, bin ich sofort wieder hier und nehme dich mit. Es wird für mich sehr schwer sein, dich hier zu lassen, auch wenn ich als Anführer weiß, dass es sein muss.« Sie ist dankbar für seine Worte und dass er Verständnis dafür hat.

»Du kannst doch die ersten Tage ...«

Er unterbricht sie sofort. »Nein Engel, das geht nicht. Es würde keine Ruhe einkehren. Deine Männer müssen dich richtig annehmen und dir vertrauen, aber das wird nicht funktionieren, wenn ich an deiner Seite bin. Dass ich hier bin, ist schon … kaum möglich gewesen. Hier zu bleiben wäre nicht gut.«

Sie weiß, dass er recht hat, doch sie würde ihn so gerne an ihrer Seite haben.

Santiago streicht über die Innenflächen ihrer Hände. »Dafür wird Milo büßen. Ich kümmere mich um ihn. Ich weiß nicht, was ich getan hätte, wenn ich hier angekommen wäre und dir wäre noch Schlimmeres zugestoßen. Ich wusste bis zu dem Zeitpunkt, an dem ich verstanden habe, dass du nach Kolumbien geflogen bist, nicht, was Angst ist.«

Sie küsst ihn noch einmal zärtlich.

»Dieser Streit tut mir so leid. Ich will mich nicht entscheiden müssen, deine Frau zu sein oder für die Delgardos da zu sein. Ich werde beides schaffen.«

Er setzt an, etwas zu sagen, doch es wird lauter vor der Tür und Santiago deutet Catalina mitzukommen, bevor die Situation draußen wieder eskaliert. Sie bleibt auf der Veranda stehen und sieht zu den Männern der Delgardos und der Rojos, die zu ihnen blicken.

Armando bringt gerade einige Männer vom Gelände der Finca. Marco hat Milo und Malik bei sich und auch sie verlassen das Grundstück. Mateo steht dicht bei Catalina. »Da oben im Zimmer ist noch ein Mann, der die ganze Zeit bei Milo war, ich habe ihn dort eingesperrt.«

Mateo lacht. »Wie hast du das geschafft? Ich bringe ihn hier weg.« Catalina nickt, er geht ins Haus und Catalina wendet sich an die restlichen Männer.

»Ich weiß, dass das alles so nicht geplant war. Ich war genau wie mein Vater eine ganze Weile davon überzeugt, dass Milo ein guter neuer Anführer werden würde. Ich weiß nicht, wann und wieso sich alles so gewendet hat, er begonnen hat, gegen die Delgardos statt für sie zu arbeiten, doch mit der Ermordung meines Vaters hat er begonnen. Ich denke, dass mittlerweile niemand mehr daran zweifelt, dass er das war. Genauso hat er Elias getötet, der geplant hatte, ihn zu stürzen, weil er wusste, dass Milo nicht gut für die Familia ist.«

Früher hätte sie sich niemals zugetraut, solch eine Ansprache zu halten, doch jetzt lässt sie einfach ihr Herz sprechen. Franco kommt von der Seite zu Catalina und gibt ihr einen Kuss auf die Stirn, er bleibt genau wie Santiago neben ihr stehen.

Sie sieht sich alles genau an.

»Wo ist Natia?«

In dem Moment, als alle Männer ihrem Blick ausweichen, ahnt Catalina Schlimmes. Nur Juan hat den Mut, es ihr zu sagen.

»Milo war genervt von ihr. Sie war nie schwanger, all das war nur gespielt. Es gab viel Streit und irgendwann hat er Boris beauftragt, sie loszuwerden. Nachts, er wusste, dass es keiner von uns zugelassen hätte. Als wir davon erfahren haben, war sie schon weg, keiner weiß, was mit ihr passiert ist. Boris starb zwei Tage später bei einem Schusswechsel an der Grenze, er konnte uns auch nicht mehr sagen, was er genau gemacht hat und jedem, der Milo deswegen angesprochen hat, hat er gesagt, er habe sie ins Flugzeug nach Puerto Rico gesetzt. Wir wussten, dass das nicht stimmt, hatten aber auch keine Beweise dafür.«

Catalina spürt, wie ihr Tränen in die Augen steigen. Sie kann nicht glauben, was sie da hört. Doch sie weiß, dass sie das jetzt nicht zeigen darf, deswegen sieht sie die Männer an. Sie wird sich danach darum kümmern und herausbekommen, was mit Natia passiert ist.

»Ich wollte niemals eine Anführerin sein, mit den meisten von euch bin ich aufgewachsen. Ihr kennt mich gut genug. Ich weiß nicht, wie man schießt oder all das, doch ich liebe diese Familia und ich möchte, dass sie weiterbesteht und dass nicht ganz Kolumbien in Angst vor uns lebt. Sicherlich hat jeder von euch mein Interview gesehen. Wisst ihr, wie viele Mails und Nachrichten ich bekommen habe? Wie viel Unheil Milo in dieser kurzen Zeit angerichtet hat? Mein Vater war kein Engel, das muss ich euch nicht erzählen. Ihr wisst, dass meine Mutter, Natia und ich nie gut auf ihn zu sprechen waren, doch er wurde niemals von den Menschen Kolumbiens gehasst. Er hat sie nicht schlecht behandelt. Er hat immer das Interesse der Familia ganz nach oben gestellt, doch dafür keine anderen Menschen gequält.«

Sie sieht zu den Männern der Delgardos.

»Wir werden zusammen das beseitigen, was die letzten Monate passiert ist und die Familia komplett neu aufbauen, umstrukturieren und einiges neu überdenken.«

Sie sieht zu Santiago.

»Und ja, ich bin auch die Frau von Santiago Rojo, und auch die Rojos sind jetzt meine Familia, das bedeutet aber nicht, dass ich sie über die Delgardos stelle, und das muss ich auch nicht. Wie mein Vater es schon gesagt hat, es gibt keinen Krieg mehr zwischen uns.«

Santiago sieht auch zu den Männern.

»Ich werde meine Frau mit allem unterstützen, doch sie ist stark genug, das hier alleine auf die Reihe zu bekommen. Auch wenn es immer eine Feindschaft zwischen uns gab, haben wir kein Problem damit, dass die Delgardos weiterbestehen und als

Zeichen dafür, dass wir ab jetzt zusammenarbeiten und als Geschenk zu meiner Hochzeit mit Catalina gehört ab sofort neben Kolumbien und Venezuela auch noch Ecuador zu eurem Gebiet. Wir überlassen es euch und hoffen, dass ihr nun den richtigen Weg gehen werdet.«

Franco nickt ebenfalls. »Unsere Unterstützung hattet ihr schon immer und werdet ihr mit Catalina als Anführerin auch immer haben.« Catalina lächelt, als sie in die etwas überraschten Gesichter ihrer Männer sieht.

So recht traut dem allem wohl keiner, die Sonne geht langsam über Kolumbien auf und Catalina sieht auf das Chaos in der Finca. Einen Moment atmet sie tief ein. Vielleicht wird doch noch alles gut.

Santiago und seine Männer müssen gehen.

Er küsst Catalina und sagt ihr, dass er sie liebt und dass er sich melden wird, sobald er zurück in Puerto Rico ist. Sie ziehen sich noch einmal kurz zurück. Sie verlieren nicht mehr viele Worte, beide wissen, dass es nicht anders geht, doch die Art, wie Santiago sie im Arm hält, zeigt beiden, wie schwer es ihnen fällt.

Auch Franco und seine Männer begleiten Santiago und die Rojos. Sie sieht Santiago an, wie schwer es ihm fällt, sie hier zu lassen, doch sie beide wissen, dass es sein muss.

Es tut ihr weh, Santiago gehen zu lassen, etwas in ihr sagt ihr, dass die nächste Zeit nicht leicht für sie beide sein wird, auch wenn sie unbedingt daran glauben möchte, dass sie es schaffen.

Sie alle wissen, dass die Delgardos jetzt Zeit brauchen, Zeit, um sich die Wunden zu lecken, die Ärmel hochzukrempeln und neu zu beginnen.

Während Catalina weiter auf der Terrasse des Hauses ihres Vaters steht und zusieht, wie Santiago und seine Männer, genau wie Franco und seine Männer, die Finca verlassen, überblickt sie all das, was sie so sehr liebt und nun in Trümmern vor ihr liegt.

Sie weiß, dass es nicht leicht wird, doch sie wird das hier hin-bekommen, sie muss es schaffen.

# Kapitel 13

Was hier wirklich passiert ist, begreift Catalina aber erst später.

Sie wacht Stunden später in ihrem alten Bett auf. Das Haus, dass sie mit ihrer Mutter und Natia zusammen bewohnt hat, sieht noch genauso aus wie früher, es hat sich nichts geändert, es sollte zwar abgerissen werden, glücklicherweise war der Plan aber noch nicht umgesetzt worden.

Auch wenn es hier gerade so unruhig ist, konnte Catalina erstaunlich gut schlafen, der Geruch, die Geräusche, seien die Umstände noch so merkwürdig, all das wird immer ihr Zuhause sein. Der Ort, an dem sie aufgewachsen ist.

Nachdem sie aufgewacht ist, wollte sie als Erstes nach ihrem Handy greifen, bis ihr wieder eingefallen ist, dass sie ja gar keines mehr hat. Sie stand gestern so unter Adrenalin, dass weder Santiago noch sie daran gedacht haben, als sie sich verabschiedet haben.

Sie weiß noch, wie sehr sie Santiago angesehen hat, dass es ihm nicht gefällt, sie hierzulassen, es hat ihn viel Überwindung gekostet, doch gestern ging alles so schnell, Catalina war so durcheinander, dass sie erst jetzt all das wirklich begreift und noch einmal vor ihrem inneren Auge abspielen lassen kann.

Armando hat sie hier ins Haus gebracht, sich um ihre Verletzungen gekümmert und gesagt, dass er, solange sie schläft, alle Spuren der gestrigen Nacht beseitigen wird.

Catalina hat die Augen geöffnet, hört die Vögel zwitschern und die ersten Stimmen auf dem Hof.

Sie hat es geschafft, zwar nicht ganz so allein, wie sie es gehofft hatte, doch sie hat die Familia von Milo befreit. Sie ist nicht abgehauen, sondern zurückgekommen und hat gekämpft, und nun ist es an der Zeit, die Ärmel hochzukrempeln und all das Chaos hier wieder in den Griff zu bekommen.

Catalina steht auf, sie muss auch hier dringend Ordnung hineinbringen. Die alten Möbel sind zwar noch da und Catalina hat noch etwas Bettzeug gefunden, um ihr Bett neu zu beziehen, doch sonst liegt überall Papier, Müll und Staub herum.

Das Zimmer, in dem Natia und sie geschlafen haben, ist nicht sehr groß, trotzdem muss hier einiges getan werden. Sie öffnet den Kleiderschrank und findet noch einige Kleidungsstücke von ihr und auch von Natia, sie klopft sich eine Shorts und ein weißes Shirt ab und nimmt es mit ins Bad.

Als sie sich schnell abduscht, findet sie ein angefangenes Shampoo, vielleicht hat Natia das Haus noch weiter genutzt. Offenbar war sie ja doch nicht so zufrieden mit ihrer Entscheidung, wie sie es hat alle glauben lassen.

Catalina weiß, dass sie ihr gestern gesagt haben, Natia sei nicht da und dass niemand weiß, was mit ihr passiert ist, doch Catalina weigert sich, das an sich heranzulassen. Milo wird ihr nichts getan haben, vielleicht ist sie in dem Haus der Familia, das in Venezuela steht oder sonst wo, sie weiß es nicht, doch den Gedanken, dass er Natia etwas angetan haben könnte, lässt sie gar nicht erst zu.

Catalina duscht sich schnell, bindet sich einen Zopf und sieht sich ihre Verletzungen an der Wange und den Händen richtig an. Das wird alles heilen. Auch ihr Arm schmerzt nicht mehr so sehr. Sobald sie fertig ist, tritt sie aus dem Haus auf den Hof.

Einige Männer sind dabei, die Sachen wieder richtig hinzustellen und den Boden mit Schläuchen und Wasser zu reinigen. Als sie Catalina sehen, sind sie einen Moment unsicher, doch Catalina lässt das gar nicht zu. Sie alle haben lange zusammen

144

gelebt und sind teilweise zusammen groß geworden, auch wenn sie eine Weile nicht hier war, ändert sich das nicht. Sie tritt zu Gonzales und Rakim und begrüßt beide mit einem Kuss auf die Wange.

»Also beginnen wir, hier wieder Ordnung reinzubekommen.« Sie sieht sich um, Rakim deutet zur Tür des Haupthauses, wo drei Frauen stehen, die offenbar für den Haushalt eingesetzt werden. Sie hatten früher immer eine Hausfrau, die sich um das Nötigste gekümmert hat, auch sie ist noch dabei.

»Die Frauen wissen nicht, was sie tun sollen. Soll ich Armando aufwecken? Er hat gesagt, ich soll ihn wecken, wenn ...« Catalina schüttelt den Kopf. »Lasst ihn schlafen, er braucht die Ruhe.« Sie winkt die Frauen zu sich.

Sie halten den Kopf gesenkt, als sie Catalina gegenüberstehen, wer weiß, wie Milo sich hier immer aufgeführt hat, doch Catalina deutet ihnen, sie anzusehen und lächelt.

»Für was genau wart ihr die letzten Monate eingestellt?« Die Frauen sehen unsicher zu Rakim und Gonzales. »Wir waren da, um für Milo und seinen Bruder das Essen zu machen, das Haus zu putzen, deren Wäsche ...«

Catalina nickt. »Okay, ich verstehe ... das ändert sich jetzt. Momentan brauche ich viel Hilfe von euch. Wir wollen die gesamte Finca wieder herrichten. Eine geht bitte in dieses Haus, dort habe ich mit meiner Mutter und meiner Schwester gelebt und möchte auch erstmal weiterhin dort schlafen. Das Haus muss komplett geputzt werden. Die Wäsche neu gewaschen, die Fenster geputzt ... es muss alles wieder in Ordnung gebracht werden.«

Sie blickt zum Haus ihres Vaters und auch Rakim sieht dorthin. »Du solltest in dem Haupthaus bleiben, hier leben die ...« Catalina lächelt. »Es werden neue Strukturen aufgebaut, Rakim.

Ich habe da schon gewisse Vorstellungen und das Haus wird dafür genutzt werden. Dort wird der engste Kreis leben, das Haus, wo die restlichen Männer leben, wird erweitert, denn die Familia soll wieder wachsen. Vielleicht bauen wir sogar ein zweites. Ich sehe mir erst einmal alles an, heute Nachmittag sollen sich alle Männer zusammenfinden.«

Sie sieht wieder zu den Frauen. »Ihr anderen beiden, geht bitte auf den Markt, kauft frisch ein, wenn es nicht mehr genug Vorrat gibt. Ab heute kocht ihr für alle Männer hier, früher wurde das auch oft getan, die Küche ist dafür groß genug, schafft ihr das?«

Die Frauen nicken und Catalina sieht sich zufrieden um.

»Okay, dann lasst uns sehen, was Milo übriggelassen hat.«

Catalina war zwar schon im Haus ihres Vaters, doch sie konnte nicht genug sehen. Die Frauen machen sich an ihre Aufgaben und Rakim und Gonzales begleiten Catalina. »Rakim, du hast dich unter meinem Vater immer um die Finanzen und all so etwas gekümmert, hast du einen Überblick, wie es zur Zeit aussieht?«

Sie betreten den Wohnbereich, der neu gemacht wurde, es wirkt alles noch unbenutzt, hell und modern. Sie gehen in den Küchenbereich und in die Vorratsräume. Sie sind gut gefüllt, die Küche ist noch genau wie früher, hier muss nichts getan werden.

»Nein, er hat uns das komplett abgenommen. Wir sollten alle Konten auflösen. Milo hatte immer Angst, dass etwas passiert, deswegen hat er das ganze Geld hier gehortet. Keiner weiß genau wo oder wie, er hat das niemanden sehen lassen. Das Geld, was wir in Venezuela eingenommen haben, wurde wöchentlich eingeflogen.«

146

Milo war echt paranoid, er wird gewusst haben, dass er mit alldem nicht lange durchkommt. Sie gehen in den hinteren Teil des Hauses im Erdgeschoss, hier stehen einige Spielautomaten und ein Billardtisch herum. »Hier soll ein großer Besprechungsraum entstehen, mit einem Tisch für ungefähr zwanzig Leute, einem Fernseher, an der Seite soll ein Board angebracht werden, wo wichtige Unterlagen und Pläne über unser Gebiet angehängt werden.«

Bei Franco hat sie gesehen, dass er auch solch einen Raum hat und für die neue Form der Familia brauchen sie das unbedingt. Gonzales schreibt alles auf. »Ich gebe das an Teddy weiter, er kann sich wieder um diese Dinge kümmern.«

Catalina sieht ihm in die Augen. »Ich habe ihn gar nicht gesehen, unbedingt, er kann das am besten.«

Teddy hat sich damals, als ihr Vater noch die Familia anführte, immer um die Einrichtungssachen und Häuser gekümmert. Sie gehen in den Keller, der komplett leer geräumt ist. Das war er bei ihrem Vater schon, das hat Catalina noch niemals verstanden.

»Der Keller soll neu gestrichen werden und komplett mit Regalen ausgestattet werden, hier werden ab sofort die Waren gelagert. Außerdem sollen die Männer hier unten verschiedene Fitnessgeräte haben, um sich fit zu halten, das muss nicht mehr auf dem Hof erledigt werden. Wir benötigen da mehr Disziplin, alle Männer sollten jeden Tag mindestens eine Stunde trainieren. Wer hat sich früher um so etwas gekümmert?«

Rakim löscht das Licht, während sie nach oben gehen und Gonzales alles aufschreibt. »Das war Bora, doch der ...« Sie weiß es. »Ich weiß, ich muss auch unbedingt Franco sagen, dass er Elias jetzt herbringen soll. Es wird Zeit, dass er endlich in Kolumbien seine letzte Ruhe findet.«

Gonzales lässt den Zettel sinken, auf dem er alles notiert. »Keiner von uns wusste das, wir haben das erst durch dein Interview erfahren und als wir Milo darauf angesprochen haben, hat er gesagt, dass das nur ein Trick sei, um ihn schlechtzumachen und Elias säße bei dir und lache sich über all das schlapp. Doch da fingen die ersten an, die Zweifel, die wir alle die ganze Zeit hatten, laut auszusprechen.«

Sie gehen in den ersten Stock. »Ich wünschte, dass Milo in diesem einen Punkt recht gehabt hätte, doch ich habe seinen Kopf geschickt bekommen und ich bin mir absolut sicher, dass er auch den Tod meines Vaters verschuldet hat.«

»Da bist du nicht die Einzige.« Armando kommt hinter ihnen die Treppe herauf und Catalina lächelt, es tut gut, wieder mit ihnen allen zusammensein zu können.

Armando begleitet sie. Sie gehen jedes einzelne Zimmer oben ab, auch das, in dem Catalina und die Frau des Präsidenten gefangen gehalten wurden, die Männer wussten nichts von Catalina, von der Frau des Präsidenten allerdings schon. Sie sehen nach, wo Milo das Geld versteckt haben könnte, doch sie finden nichts.

Catalina lässt alle Zimmer mit neuen Betten ausstatten, dann gehen sie in das Büro ihres Vaters.

Sofort bekommt sie eine Gänsehaut, als sie an das letzte Gespräch in diesem Raum mit ihrem Vater denkt. Auch hier hat Milo einiges verändert, es steht ein neuer Schreibtisch da, neue Gardinen, es wirkt heller. »Er hat den Schreibtisch aufbrechen lassen, er wollte den Code des Tresors herausfinden.«

Sie geht zum großen Schrank hinter dem Schreibtisch und öffnet ihn. Da stehen neben dem großen Tresor ihres Vaters versteckt einige alte Bilder, die Milo von den Wänden hat entfernen lassen. Eines zeigt ihren Vater und alle Männer der

Familia, es ist ein großes Bild, Catalina kann es nicht allein heben und Armando hilft ihr.

»Das soll nach unten in den Besprechungsraum und dort angehangen werden. Was sind das für Unterlagen?« Armando öffnet einen der zwei Ordner, in denen ein paar Unterlagen liegen.

»Das sind neue Deals, die er abgeschlossen hat. Er ist nicht an die alten Verträge und Vereinbarungen deines Vaters gekommen, außerdem haben fast alle alten Geschäftspartner von früher die Deals platzen lassen, nachdem Milo die Führung der Familia übernommen hat, oder Milo wollte die Bedingungen so ändern, dass sie abgesprungen sind.«

Catalina sieht sich verwundert um. »Natia kennt doch den Code des Tresor, und wieso hat er ihn nicht einfach knacken lassen?« Armando legt den einen Ordner zurück und sieht sie nun verwundert an. »Sie hat gesagt, sie kenne ihn nicht und es sei eine Sicherung eingebaut, dass, sobald man versucht, den Tresor gewaltsam zu öffnen, eine Farbbombe, den gesamten Inhalt zerstört. Du weißt schon, wie bei diesen Geldtransporten.«

Catalina geht zum Tresor und öffnet ihn. Ihr Vater wusste nicht, dass sie den Code kennen, doch Catalina und Natia haben ihn bei einer ihrer geheimen Missionen im Fluchtschacht mitbekommen. »Das ist Blödsinn, der Tresor ist viel zu alt für so etwas. Natia wollte den Inhalt vor Milo schützen, offenbar war sie doch nicht die ganze Zeit auf seiner Seite.«

Catalina holt mehrer Ordner hervor. Wertpapiere. Kaufunterlagen für Grundstücke. Teuren Schmuck, Waffen und auch Papiere, die belegen, dass Catalina, Natia und ihre Mutter alles erben, falls ihrem Vater etwas zustößt. Er hat Sarita und seine beiden anderen Töchter gar nicht eintragen lassen, offenbar war er immer zu beschäftigt, das nachholen zu lassen.

Sie wird sich bei Anabel melden und ihr sagen, dass sie, wenn sie möchte, zu ihr und wieder nach Hause kommen kann. Sie hat ihr oft gesagt, wie sehr sie Kolumbien vermisst. Catalina legt bis auf eine Unterlage alles zurück in den Tresor.

»Das sind alle alten Vereinbarungen und Deals für Kolumbien und Venezuela. Kaum einer ist noch aktiv.« Catalina setzt sich an den Schreibtisch, zusammen mit Gonzalez, Rakim und Armando gehen sie die Unterlagen durch. Armando lässt Hombre rufen, der früher für die Koordination und Festlegung von Terminen und das Erstellen von Schriftstücken bei ihrem Vater zuständig war.

Catalina deutet auf die alten Verträge.

»Ich möchte in den nächsten Tagen all die alten Freunde meines Vaters treffen, wir besprechen das alles noch einmal neu und machen neue Deals. In zwei Wochen bin ich dann in Venezuela und werde dort unsere Geschäftspartner aus Venezuela treffen, außerdem könnt ihr euch schon mal für Ecuador vorbereiten. Hört euch um, vereinbart Treffen. Wir brauchen auch dort ein Grundstück für die Familia. Außerdem müssen wir sowohl unsere Männer hier, als auch die in Venezuela genau prüfen und die ausschließen, die hinter Milo standen. Ihr dürft nur noch die dabei lassen, denen wir völlig vertrauen können, die auch schon bei meinem Vater dabei waren und die auch Elias ausgewählt hätte. Die teilen wir dann für Kolumbien, Venezuela und Ecuador ein. Wir werden die Delgardos wieder groß machen, nur anders, besser als jemals zuvor.«

Catalina schließt die alten Unterlagen ihres Vaters und gibt sie Hombre, der strahlt, er scheint es gut zu finden, dass sie alles neu starten.

»Sehr gerne, es ist eine gute Entscheidung.«

Catalina öffnet einen der anderen Ordner, der von Milo stammt, und entdeckt Unterlagen, die ziemlich brisant sind.

Sie zeigen den neuen Polizeipräsidenten, wie er in einem Bordell kokst. Die Bilder wurden heimlich aufgenommen. Es gibt Bilder von anderen Familia-Anführern aus ihrer Gegend und auch Unterlagen zu Catalina und Santiago. Milo hat versucht, sie zu zerstören, doch Santiago hat so schützend seine Hände um Catalina gehabt, dass sie das nicht einmal mitbekommen hat.

»Ladet auch alle Leute ein, die Milo in der Hand hatte, wir werden mal sehen, wie sie uns helfen können.«

Catalina bleibt noch eine Weile im Büro sitzen. Sie hört sich an, was Milo alles geändert hat und was sonst noch vorgefallen ist. Die Haushälterinnen fragen, ob sie zum Mittagessen für alle auf dem Hof eindecken sollen, wie bei früheren Festen. Catalina nickt. Das ist eine gute Gelegenheit, die Familia zusammenzubekommen.

Dann gehen sie in den zweiten Stock, der neu ausgebaut, aber noch nicht eingerichtet wurde. Catalina möchte hier weitere Schlafzimmer und einen Wohnbereich einbauen lassen. Dann entdecken sie endlich einen versteckten Raum, von dem niemand wusste. Es ist eine Art Panikraum, in dem man sich einschließen kann, wenn etwas passiert.

Es dauert einige Zeit, bis sie den Raum geöffnet bekommen, doch dahinter befinden sich einige Tausend Dollar Bargeld, noch mehr Unterlagen und auch einige Goldbarren. Es ist nicht das, was ihr Vater hinterlassen hat, doch Catalina wird die Familia wieder nach vorne bringen. Sie hat einen Plan und wird daran festhalten.

Zusammen mit Armando geht sie danach zum Grab ihres Vaters. Sie bleibt eine Weile dort sitzen, es tut gut, wieder hier zu sein und sie weiß, er wird erleichtert sein, dass sich für die Familias nun wieder alles zum Guten wenden wird.

Als sie zurück zur Finca gehen, kommen mehrere Bauern aus der Umgebung und bringen frische Eier, Kuchen, Brot und Milch. Sie begrüßen Catalina und freuen sich, dass sie da ist und es geschafft hat, die Delgardos von Milo zu befreien. Sie erwähnen, dass es nicht leicht für sie war während den letzten Monaten und Catalina verspricht, sich darum zu kümmern.

Armando lacht nur und hilft Catalina, alles in die Finca zu tragen. Dort sieht es schon wieder etwas mehr wie früher aus. Es wird leise Musik gespielt, die Tische und Bänke sind aufgestellt und die Männer versammeln sich im Hof. Es duftet nach leckerem Essen und alle wirken befreit, auch wenn noch gar nicht genau klar ist, wie es nun weitergehen wird.

Sie begrüßt die Männer, alle, jeden einzelnen, und währenddessen kommt ein Mann vom Paketdienst und gibt Catalina ein Paket mit einem neuen Handy. Es ist sogar schon eingestellt. Als Catalina es anschaltet, kommt als Erstes eine Nachricht von Santiago, in der steht, dass er sie liebt.

Catalina antwortet ihm und atmet tief aus. Sie wird es schaffen, diese Welt hier zu heilen und ihre alte zu erhalten, und aus beiden schöpft sie neue Kraft. Das Essen ist fertig, doch als sie sich gerade setzen wollen, kommt wieder jemand ans Tor der Finca und nicht nur Catalina sieht erstaunt hin, als ihre Mutter mit zwei Koffern durch die Tür kommt.

»Was tust du hier? Was ist mit Franco? Was …?

Sie umarmt ihre Mutter, es tut so gut, sie zu sehen. »Manchmal müssen wir auf einiges verzichten, um woanders zu helfen. Kolumbien ist einfach unser Schicksal und unsere Liebe. Das war auch mein Zuhause und ich werde an der Seite der Familia bleiben in diesen Zeiten und helfen, all das hier zu retten. Franco muss das verstehen, genau wie Santiago.«

Nicht nur Catalina freut sich darüber, ihre Mutter zu sehen, auch die Männer begrüßen sie. Sie hätte niemals damit gerechnet, dass sie freiwillig wieder herkommen würde. Doch ja, natürlich, es war auch ihr Zuhause, auch wenn es nicht immer schön war.

Die Sonne geht schon langsam wieder unter, als sie sich dann doch endlich alle setzen und die Lampions eingeschaltet werden. Catalina hat noch immer nichts gegessen. Ihr neues Handy klingelt, doch sie legt es erst einmal beiseite, sie weiß, dass das in nächster Zeit öfter passieren wird, es wird nicht zu vermeiden sein.

Sie steht auf und wendet sich an alle Männer.

»Wie ihr seht, ist die Familia Delgardo wieder in der Hand der Familie. Ich weiß, dass ich meinem Vater nicht in allem nachkommen kann und das habe ich auch nicht vor. Ich möchte eine Lösung finden, wie die Familia weiterbesteht. Besser wird, größer wird, doch nicht böser wird.«

Sie sieht den Männern in die Augen.

»Vielleicht findet der ein oder andere es komisch, jetzt zu mir zu sehen, dass eine Frau all das an sich nimmt und umkrempelt, doch ich denke, nach allem, was Milo in den letzten Wochen angerichtet hat, ist das genau das Richtige für die Familia. Es wird sich einiges ändern. Es wird keinen richtigen Anführer mehr geben. Ich werde engere Kreise bilden, die aus den Männern bestehen, denen meine Mutter und ich blind vertrauen und denen auch mein Vater und Elias vertraut haben. Diese werden nach und nach zusammen die Führung übernehmen.

Wir werden unser Geld nicht mehr auf den Rücken der Bauern verdienen. Ich habe die letzten Monate Einblicke in andere Familias gehabt und weiß, dass das nichts bringt. Nichts außer Ungerechtigkeit. Die Bauern bekommen ihr Land zurück, sie sollen sich selbst versorgen können und nur noch einen ganz geringen Teil abgeben müssen.«

Alle Männer hören ihr zu.

»Es werden neue Verträge gemacht, bessere, sie sollen nicht aus Angst vor uns unterzeichnet werden, sondern weil beide Seiten davon profitieren. Wir werden uns erweitern, besser ausbilden und weiterkommen als jemals zuvor, doch dafür müssen wir jetzt alle zusammenhalten. Die nächsten Wochen werden nicht leicht werden, und wenn jemand von euch sagt, dass er das nicht mehr möchte oder einen anderen Weg gehen wird, steht es allen frei zu gehen. Die Familia ist kein Zwang, man entscheidet sich aus ganzem Herzen dafür oder wird reingeboren, doch auch dann hat man die Wahl.«

Ihr Magen zieht sich zusammen bei den nächsten Worten.

»Ich könnte jetzt bei meinem Ehemann am Pool liegen und das Leben genießen, doch ich hätte es niemals übers Herz gebracht, die Familia und alles, was mein Vater aufgebaut hat, so im Stich zu lassen. Ich bin mir sicher, dass wir es schaffen werden, die Delgardos wieder bei allen ins Gespräch zu bringen, doch dieses Mal aus positiven Gründen, dass man den Namen Delgardo mit Respekt und nicht voller Verachtung ausspricht. Es wird nicht leicht und es wird seine Zeit dauern. Wir werden auf einiges, was uns wichtig ist, verzichten müssen, doch ich bin mir sicher, dass wir das zusammen schaffen.«

Sie hebt ihr Glas.

»Jetzt lasst uns essen und feiern und dafür sorgen, dass mein Vater, Elias, Bora und all die anderen zufrieden auf uns hinabblicken. Salud!«

Alle Männer im Hof heben ihr Glas ebenfalls. Sie sieht in die zufriedenen Gesichter ihrer Männer, in das stolze Gesicht ihrer Mutter und weiß, dass sie das Richtige tut, auch wenn sie dabei viel verlieren kann.

# Kapitel 14

»Nein, das glaube ich nicht. Es sieht schon alles sehr gut aus. Du hörst dich müde an, bist du noch in New York?«

Catalina tritt auf ihren Balkon und sieht auf ihr großes Grundstück in Venezuela hinab. Sie entdeckt ihre Mutter und Franco, die zusammen zum anderen Gebäude gehen, in dem gegessen wird.

Sie sind seit einigen Tagen in Venezuela und Catalina ist sehr überrascht, wie luxuriös ihr Vater hier alles hat einrichten und erbauen lassen. Sie weiß, dass hier alles günstiger als in Kolumbien ist, doch wenn man das hier so sieht, könnte man meinen, er hatte vor, in Zukunft hier zu leben und nicht mehr in Kolumbien.

Es ist auch wirklich schön, viel grüner als in Kolumbien oder Puerto Rico. Gestern waren sie bei riesigen Wasserfällen. Sie nehmen sich auch die Zeit, das Land und die Leute kennenzulernen, während sie sich aber vor allem um die Geschäfte kümmern.

Sie ist nun knapp drei Wochen zurück bei ihrer Familia und sehr zufrieden. Sie sind sehr schnell weit vorangekommen, was daran liegt, dass sie fast in jeder Minute daran arbeiten, die Delgardos wieder voranzubringen und auch daran, dass alle das gleiche Ziel haben und zusammenarbeiten.

Catalina hat sich in Kolumbien mit allen wichtigen alten Geschäftspartnern getroffen und auch fast alle waren bereit, wieder die alten Geschäfte aufzunehmen.

Sie haben einige Männer verloren, doch viele neue dazubekommen, denn sobald es sich herumgesprochen hat, dass Catalina zurückgekehrt ist und sie einiges ändern wird, waren viele junge Männer da, um auch in die Familia aufgenommen zu werden.

Das geht nicht so einfach, Armando kümmert sich darum, doch es zeigt, dass die Delgardos wieder angesehener werden und die Menschen wieder zu ihnen aufsehen. Die neue Verordnung wegen der Bauern war genau richtig. Nur wenige Tage später kamen viele und haben sich persönlich bedankt, seitdem kommen immer wieder Bauern und bringen freiwillig Obst oder Milch vorbei. Sie brauchen das Geld nicht, das Ansehen und der Rückhalt der Menschen in Kolumbien ist viel mehr wert.

Catalina weiß, dass Familias es auch schaffen, ohne die eigenen Leute auszunehmen, sie sieht es bei Santiago und Franco, und momentan hat sie den Eindruck, als würden auch sie das schaffen.

Die anderen Familias und Geschäftspartner haben kein Problem damit, mit Catalina zu verhandeln, im Gegenteil, sie sind sehr froh darüber, nicht mehr Milo gegenüberzusitzen, das lassen sie Catalina auch spüren und zusammen mit Hombre schafft sie es, neue Deals zu vereinbaren oder die alten fortzuführen.

Sie haben in der letzten Woche den gleichen Umsatz gemacht, wie ihr Vater in normalen Zeiten in Kolumbien. Milo hatte das schon seit einer Weile nicht mehr hinbekommen.

Die Umbauten in Kolumbien sind in vollem Gange. Catalina und ihre Mutter bleiben in ihrem Haus. Das Haupthaus ist für die engeren Kreise, die sie vor einigen Tagen gebildet haben. Und wirklich, sie zusammen haben diese gebildet. Jeder Mann konnte fünf Personen für die engeren Kreise vorschlagen und es hat sich sehr schnell herausfiltern lassen, wem die Männer trauen und wem nicht.

Catalina hat dann auch nach ihrem Bauchgefühl und nach Absprache mit ihrer Mutter mitentschieden. Nun haben sie fünfzehn Männer, die die engsten Kreise bilden, jeweils fünf Männer für Kolumbien, Venezuela und Ecuador, wobei hier und da auch mal gewechselt wird.

Alle sind sehr zufrieden mit dieser Lösung, so kann Catalina die größte Verantwortung abgeben, auch wenn sie bei wichtigen Fragen oder Entscheidungen immer mit einbezogen werden sollen. Doch es soll darauf hinauslaufen, dass Catalina bald mit einem guten Gefühl die Familia und die Geschäfte den Männern in die Hand legen kann, denen sie vertraut und momentan sieht alles danach aus, dass sie das bald tun kann.

Das Wichtigste ist aber, dass sie in den letzten Tagen viel zusammen gelacht haben. Manchmal, wenn sie abends über die Finca gegangen ist, kam es ihr fast wie früher vor und das ist es, was sie wirklich glücklich macht.

Sie haben Elias bei ihrem Vater auf dem Hügel begraben und Catalina weiß, dass beide nun wirklich Ruhe finden werden. Ihre Mutter hat diese drei Wochen damit verbracht, nach Natia zu suchen oder mehr herauszufinden, doch das ist nicht möglich.

Mit Boris ist der Mann gestorben, der weiß, was wirklich passiert ist. Er hatte die Aufgabe, sie loszuwerden und er hat gesagt, dass er es getan hat, doch weder ihre Mutter noch Catalina glauben daran. Doch egal wo sie suchen oder nachfragen, keiner weiß etwas. Auch wenn ihre Mutter es nicht zeigt, weiß Catalina, dass es sie sehr belastet und ist froh, dass seit zwei Tagen Franco bei ihnen in Venezuela ist und ihre Mutter ein wenig ablenkt.

Er vermisst ihre Mutter und das zeigt er auch ganz offen. Catalina weiß, dass ihre Mutter, sobald sie nicht mehr weiß, wo sie noch suchen soll oder sie Natia gefunden haben, zurück zu

Franco nach Guatemala gehen wird und sie ist froh, dass sie einen Platz gefunden hat, an dem ihr Herz wieder Liebe bekommt.

Sie hofft nur, dass das auch für sie so sein wird.

»Ja, ich bin gerade erst aufgewacht. Ich bleibe noch drei Tage, dann fliege ich für Nolas Geburtstag zurück. Ich habe gehört, dass viele schwer beeindruckt von dir sind und dass du sehr gute neue Deals für die Familia schließt.«

Catalina geht wieder hinein und sieht zu dem Kleid, das sie für später ausgewählt hat. Sie hat heute einen der wichtigsten Termine.

»Ich bin zufrieden und es macht sogar richtig Spaß, das wieder aufleben zu lassen, was mein Vater erschaffen hat, wobei ich glücklich bin, die Rojos jetzt nicht mehr als Feinde zu haben.« Sie muss schmunzeln und hört Santiago leise lachen.

Catalina streicht über das Kleid und als sie das Bett rascheln hört, wird sie ernst.

»Ich vermisse dich wahnsinnig.«

Auch Santiagos Stimme hört sich rauer an.

»Ich dich auch, Engel. Es ist wirklich nicht leicht für mich, dich da einfach machen zu lassen und nicht einzugreifen. Ich bin froh, dass ich hier selbst alle Hände voll zu tun habe.«

Catalina geht ins Bad.

»Ich habe gestern Nacht davon geträumt, dass ich als Verkäuferin arbeite und nach Hause komme, wo du gerade unter der Dusche stehst und dir das Öl der Arbeit abwäschst und dann ...«

Es klopft. Catalina muss lachen.

»Egal wer das ist, schick ihn weg und erzähle weiter.«

Sie geht zur Tür und öffnet sie.

Es sind Hombre und Rakim, die beide hier in Venezuela bleiben werden. Besonders Hombre steht ihr zur Zeit bei den Treffen zur Seite, da er sich mit den Deals und allen Verträgen am besten auskennt. Er hat das bei ihrem Vater auch schon immer gemacht. Hombre setzt die Verträge auf, Rakim hat den besten Überblick über die Finanzen.

»Wir müssen mit dir über das Treffen gleich sprechen.« Catalina nickt, sie trägt nur eine Schlafshorts und ein weißes Shirt, was ihr viel zu groß ist, sie muss noch duschen gehen, doch wie die meisten Männer hier sieht sie die beiden eher als Brüder, deswegen tritt sie zur Seite und lässt sie herein.

»Ich muss Schluss machen, ich rufe dich später noch einmal an.«

Sie ist froh, jetzt gerade nicht Santiagos enttäuschtes Gesicht sehen zu müssen. Sie weiß, dass er enttäuscht ist, sie selbst ist es. Die drei Wochen, die sie hier ist, konnten sie kaum miteinander sprechen. Immer war jemand bei ihr oder bei ihm, er war beschäftigt oder sie, einer von beiden hat geschlafen oder war müde oder musste zu einem Treffen.

Sie schreiben sich, aber auch das lässt täglich mehr nach und sie beide wissen, dass das gerade nicht gesund ist für eine so junge Ehe. Doch alles was Catalina sich dann immer wieder sagt und auch ihm immer wieder zu vermitteln versucht, ist, dass das nur zeitlich begrenzt ist, sie möchte zurück an seine Seite, nichts mehr als das, doch erst, wenn sie all das hier beruhigt zurücklassen kann.

Santiago murmelt eine Verabschiedung und Catalina versucht, sich ihre Sorge nicht anmerken zu lassen, als sie sich zu Rakim auf das Sofa in ihrem Zimmer setzt, Hombre direkt gegenüber, der einige Unterlagen auf den Tisch legt.

»Du weißt ja, dass es hier in Venezuela etwas anders läuft als in Kolumbien und Ecuador, wo sogar schon neue Deals zustande gekommen sind, die Männer unten sind fleißig.«

Catalina lächelt, sie hat auch gehört, dass viele in Ecuador es gar nicht abwarten können, mit den Delgardos zusammenzuarbeiten.

»Auch hier in Venezuela verdienen wir viel Geld, doch das nur über eine Familie, das meiste hier läuft über die Familie Lopez. Du kennst die Familia. Sie betreibt hier den allgemeinen Handel und wir beliefern sie. So ist es lange Zeit gelaufen, doch seit Milo haben sie sich neue Partner ausgewählt. Die Lopez sind schon lange mit deiner Familie befreundet, das wird uns helfen. Mittlerweile leitet der älteste Sohn Flores fast alle Geschäfte.«

Sie sieht auf die Unterlagen.

»Ich weiß, wir haben als Kinder immer zusammen gespielt, als die Familie uns besuchen war. Sein jüngerer Bruder hat doch einmal versucht, Natia zu küssen und sie hat ihm den Finger gebrochen.«

Rakim lacht auf. »Stimmt, davon habe ich gehört. Doch trotzdem müssen wir vorsichtig sein. Flores ist durch und durch ein Geschäftsmann, man kann nicht einschätzen, was in seinem Kopf vor sich geht. Wir werden uns alles doppelt ansehen müssen, falls sie überhaupt bereit sind, neue Geschäfte mit uns einzugehen.

Ansonsten haben wir noch zwei kleinere Deals hier, aber wir werden erhebliche Einbußen in Venezuela machen, wenn sie nicht bereit sind, auf uns zuzugehen.«

Catalina steht auf, als sie auf der Uhr sieht und feststellt, dass sie losmüssen.

»Das wird schon gut gehen, sie freuen sich, uns heute zu treffen und wir geben uns Mühe. Man sollte solch eine lange Freundschaft unter Familien nicht unterschätzen.«

Das sagt auch Catalinas Mutter, als sie zwei Stunden später auf das große Anwesen der Familie Lopez einfahren. Es ist groß, sie sehen sogar einen Weinanbau, der Vater hat das immer gerne getan, es soll einen eigenen Familienwein geben.

Es fühlt sich im ersten Moment wirklich komisch an, als sie von zwei Hausdamen empfangen werden, die sie in einen großen Eingangsbereich führen. Es sind nur Catalina, ihre Mutter, Rakim, Hombre und drei weitere Männer dabei.

Franco ist bei ihnen auf dem Anwesen geblieben, da sich seine Familie nicht besonders gut mit den Lopez versteht. Genauso wenig wie die Rojos, was die Delgardos und die Lopez damals so gut hat zusammenarbeiten lassen.

Catalina hofft, dass das jetzt nicht zwischen ihnen steht.

Sie streicht sich ihr helles Sommerkleid glatt. Sie hat sich zurechtgemacht, nicht zu viel, nicht zu wenig, genau wie ihre Mutter, als wenn man zu einem schönen Abend mit guten Freunden geht, doch es fühlt sich erst so an, als Frau Lopez in den Raum tritt und sie freudig begrüßt.

Ihre Mutter und sie waren schon immer befreundet. Sie hatten nicht ständig Kontakt, aber sie haben sich immer sehr gemocht.

Als sie auch Catalina umarmt, erinnert sie sich wieder an die vielen Male, die ihre Familien zusammen verbracht haben.

»Es ist so schön, euch wiederzusehen. Nach allem was passiert ist, seht ihr aus, als kämt ihr gerade aus dem Urlaub.«

Sie wendet sich um.

»Sieh doch, Pasar, wer hier ist.«

Sie führt sie in den Garten, wo ein großer Tisch bereits wunderschön mit üppigen Blumengestecken und vielen edlen Tellern eingedeckt ist.

Auch ihr Mann Pasar begrüßt sie liebevoll. Er ist alt geworden, Catalina hat ihn lange nicht mehr gesehen und weiß nun, wieso er die Führung der Familie seinem Sohn überlassen hat.

»Diese Schönheit überdeckt wirklich alles.« Catalina dreht sich um und sieht in grüne funkelnde Augen, die sie von oben bis unten mustern. »Flores ... wie schön dich zu sehen, du bist ja ein ... richtiger Mann geworden.«

Catalina muss lächeln, als Flores sie in den Arm nimmt. Hinter ihm steht sein jüngerer Bruder, der sie auch kurz umarmt, er war schon immer pummeliger, doch mittlerweile ist er ein ziemlich kräftiger Mann geworden.

Flores hingegen sieht sehr gut aus.

Er war auch damals ein hübscher Junge und ist nun zu einem sehr hübschen Mann herangewachsen.

Er ist dunkel, trägt ein freches Lächeln im Gesicht, hat wilde Locken auf dem Kopf, einen gepflegten Dreitagebart und funkelnde grüne Augen. Sie muss an den kleinen Flores denken und lächelt wieder, als er ihre Hand nimmt und sie einmal von oben bis unten betrachtet.

»Schon beim Interview dachte ich, ich sehe nicht richtig, doch so in natura haust du einen wirklich um. Tante, es ist schön, dich zu sehen.« Er begrüßt Catalinas Mutter respektvoll und die Hausdamen decken den Tisch inzwischen ein.

Das lässt das Eis schmelzen.

Catalina fühlt sich sofort wohl. Sie setzen sich, es kommen noch zwei Onkel, die sie kennen, und eine Cousine. Sie beginnen zu essen und die Familie Lopez fragt, was die letzten Wochen passiert ist. Sie wissen nichts Genaues, eher das, was die Presse berichtet, deshalb erzählen sie ihnen alles ganz genau.

Besonders Catalina erklärt, was passiert ist, was sie getan haben und was sie nun vorhaben. Eine Weile hören alle ihr nur zu, während sie das köstliche Essen genießen. Nachdem Catalina alles berichtet hat, küsst die Mutter der Lopez sie auf die Wange.

»Ich wusste schon immer, dass du eine sehr starke Frau wirst. Valentina, du kannst sehr stolz auf deine Tochter sein.«

Flores sitzt neben Catalina und räuspert sich.

»Als wir von eurem Besuch erfahren haben und dass die Delgardos nun wieder in der Hand der Familie sind, war uns natürlich bewusst, dass wir unsere alten Geschäfte wieder aufleben lassen. Ich komme nicht mehr aus allen Deals raus, aber die wichtigsten werden wir wieder zusammen abwickeln. Wir waren nicht zufrieden mit den letzten Monaten. Ich habe hier alles zusammengestellt. Seht es euch in Ruhe an und meldet euch dann.«

Er schiebt Catalina eine Mappe hin, die sie an Hombre weiterreicht, der zufrieden nickt.

»Danke, es ist schön zu wissen, dass man sich auf Freunde verlassen kann.«

Der Vater lehnt sich zurück. »Dein Vater und ich waren uns immer einig, dass diese Freundschaft zwischen unseren Familien viel länger bestehen wird als Tod oder Verluste es beeinflussen könnten.«

Catalina lächelt, es wird leise Musik gespielt und plötzlich hält Flores ihr seine Hand hin.

»Also, nun schuldest du mir zumindest einen Tanz. Wenn nicht für den Deal, für die Gehirnerschütterung damals.«

Sie legt den Kopf schief. »Gehirnerschütterung?« Ihre Mutter neben ihr lacht und auch seine Mutter muss lachen.

»Ja, stimmt, das hatte ich ja fast vergessen. Flores und du habt immer Pferderennen gemacht und als du eines Tages verloren hast, hast du dafür gesorgt, dass sein Pferd sich erschreckt und ihn abwirft. Er hatte eine Gehirnerschütterung.«

Sie erinnert sich, dass da etwas war und nimmt Flores' Hand. »Oh, stimmt, ich verliere nicht gerne.« Alle lachen und Catalina begleitet Flores auf den Rasen, der mit beleuchteten Lampions in ein romantisches Licht getaucht wird. Flores legt seinen Arm um Catalina und führt sie langsam zur Musik.

»Was für eine atemberaubende Frau aus der kleinen frechen Catalina geworden ist.« Sie lächelt und sieht Flores in die Augen.

»Ich danke dir, dass du bereit bist, weiter mit den Delgardos zu arbeiten.« Er tanzt sehr eng, doch Catalina versucht, das brüderlich zu sehen.

»Mein Vater hätte niemals etwas anderes zugelassen und ich denke, es ist gut, wenn wir wieder mehr miteinander zu tun haben. Und du bist jetzt tatsächlich mit Santiago Rojo verheiratet? Ich meine, all das könntest du jetzt einfach hinter dir lassen. Niemand würde etwas sagen, wenn ihr diese Ehe auflöst, jeder weiß, warum sie geschlossen wurde. Ich habe das eh niemals verstanden. Stell dir doch mal vor, was eine Ehe zwischen deiner und meiner Familie bewirken würde, dagegen würde kaum jemand ankommen. Zumindest hier unten wären wir die stärkste Instanz.«

166

Oh nein, bitte nicht in diese Richtung abdriften.

»Santiago und ich sind aus Liebe miteinander verheiratet. Ich weiß, dass eure Familien nicht gut aufeinander zu sprechen sind, doch ich garantiere dir, dass das nichts mit unseren Geschäften zu tun hat. Ich weiß, dass Hochzeiten verschiedene Auswirkungen haben können, doch ich bin froh, dass meine auf Liebe gebaut ist, auch wenn es nicht von Anfang an so war.«

Flores lächelt.

Er ist ein hübscher Mann, das kann man nicht abstreiten und Catalina wäre sicher sehr geschmeichelt, würde sie nicht Santiago über alles lieben, doch gerade hofft sie nur, dass Flores sowohl den Tanz als auch die wieder aufkommenden Beziehungen rein geschäftlich sehen kann.

»Es ist wirklich schade. Wirklich. Ich Dummkopf hätte vielleicht einfach mal früher wieder nach dir sehen sollen, das werde ich mir so leicht nicht verzeihen, aber falls sich das zwischen Santiago und dir nochmal ändern sollte … du weißt, wo du mich findest.«

Catalina lacht leise. »Ich denke zwar nicht, dass das passiert, doch ich werde es mir merken.« Sie hört ein Rascheln aus dem Gebüsch, schenkt dem aber erst einmal keine Beachtung.

»Oh, sei dir mal nicht so sicher, du bist mit Santiago Rojo verheiratet, da ist nichts garantiert.« Sie setzt an, etwas zu sagen, da laufen zwei Männer der Lopez in Richtung der Gebüsche.

»Verdammte Presse. Sie hatten schon angerufen wegen dem Treffen heute, für Venezuela hat das eine große Bedeutung doch wir hatten ihnen gesagt, sie sollen sich da raushalten …«

Offenbar hatte sich ein Reporter im Gebüsch versteckt, doch die Männer finden ihn nicht mehr.

Trotzdem lassen sie sich die gute Laune nicht verderben.

Als Nächstes tanzt Flores mit ihrer Mutter und Catalina mit seinem Vater. Sie bleiben lange bei ihnen und genießen einen schönen Abend.

Somit waren sie auch in Venezuela erfolgreich.

Am nächsten Tag haben sie noch einen Termin und planen schon den Flug nach Guatemala, da entdeckt Catalina die Titelseite einer venezolanischen Zeitung.

Es ist ein Bild von Flores und ihr darauf. Sie tanzen unter den Lampions und es sieht sehr vertraut aus. Er lächelt und sie lacht und sie stehen eng zusammen.

Verdammt. Catalina atmet tief aus und überfliegt die Überschrift.

Ist das die Verbindung, die Lateinamerika wirklich haben will? Sie berichten von der langen Freundschaft der Familien und was für Vorteile solch eine Verbindung haben würde.

Hombre ist bei ihr und gibt Anweisungen, ihr Flugzeug betanken zu lassen.

Catalina legt die Zeitung wütend weg.

Einen Moment überlegt sie, Santiago anzurufen und ihm das zu erklären, doch das ist nur eine venezolanische Zeitung, wer weiß, ob er das überhaupt mitbekommt.

Sie will keine schlafenden Hunde wecken und es steht gerade eh nicht so gut um sie. Sie sprechen kaum miteinander und Catalina hat das Gefühl, je erfolgreicher sie hier alles schafft, desto mehr entgleitet ihr ihre Ehe.

Sie sieht auf den Kalender.

»Buch einen Flug für mich nach Puerto Rico. Santiagos Schwester hat Geburtstag. Ich muss für zwei Tage dahin, dann komme ich direkt nach Ecuador.«

Sie weiß, dass sie aufpassen muss, nichts zu zerstören, wenn sie dabei ist, Neues aufzubauen.

# Kapitel 15

Catalina öffnet ihre Strickjacke, als sie aus dem Flieger steigt und auf die Flagge Puerto Ricos sieht.

Sie war so müde, dass sie fast den gesamten Flug verschlafen hat.

Es ist ein merkwürdiges Gefühl, wieder hier zu sein.

Jedes Mal, wenn sie nun aus dem Flieger steigt, hat sie ein anderes Gefühl. Sie dachte, dass jedes Mal, wenn sie kolumbianischen Boden unter den Füßen hat, es dasselbe in ihr auslösen würde, doch sie hat immer ein anderes Gefühl, weil einfach bei jedem Mal sowohl sie als auch ihre Situation sich verändert hat.

Sie ist nicht mehr dieselbe Catalina, die damals Kolumbien gegen ihren Willen verlassen hat. Nicht mehr dieselbe, die zur Hochzeit ihrer Schwester oder zur Beerdigung ihres Vaters zurückgekehrt ist und nun ist sie auch nicht mehr dieselbe, die vor knapp einem Monat ängstlich Puerto Rico verlassen hat, um Kolumbien von Milo zu befreien.

Sie setzt sich ihre Sonnenbrille auf, es fühlt sich anders an, sie freut sich, hier zu sein, doch sie ist auch ein wenig unsicher wegen Santiago und der letzten Wochen.

Sie haben nicht mehr miteinander gesprochen, er hatte ihr nur geschrieben, dass er gerade viel zu tun hat und sie konnte ihn telefonisch nicht erreichen. Als sie dann den Flug gebucht hatte, hat sie es aufgegeben, sie werden sich jetzt sehen und so kann sie ihn auch gleich überraschen.

Diese zwei Tage werden sie brauchen, sie müssen wieder Zeit miteinander verbringen. Da heute Nolas Geburtstag ist, weiß Catalina auch, dass er auf jeden Fall da sein wird und weil sie erst am späten Nachmittag gelandet ist, ist sie sich sicher, dass die Feier bestimmt bald beginnt oder vielleicht sogar bereits läuft.

Niemand weiß, dass sie kommt. Wenn sie schon eine Überraschung daraus macht, dann eine richtige.

Sie trägt einen engen schwarzen Rock und ein lockeres geblümtes Oberteil darüber, was ihre Schultern zeigt. Sie hat bei einem ihrer letzten Treffen gemerkt, dass das Outfit gut ankam und sie möchte auch Santiago mal wieder richtig beeindrucken.

Sie hat ihre frisch gewaschenen Haare geflochten und als sie sich jetzt in das Taxi setzt, öffnet sie den Zopf und sie fallen ihr in weichen Locken auf den Rücken. Sie hat sich die letzten Minuten im Flugzeug schon etwas zurechtgemacht und jetzt im Taxi zieht sie noch einmal ihren Eyeliner nach, frischt das Rouge auf und sieht nach, ob sie noch sehr verschlafen wirkt.

Sie spürt den Blick des Taxifahrers auf sich, versucht ihn aber zu ignorieren.

Durch das Interview werden jetzt die meisten Leute wissen, wer sie ist, doch auch wenn die Menschen in Kolumbien und Venezuela sie mögen, gilt das nicht unbedingt für die Puertoricaner. Catalina weiß, dass sie hier nicht sehr angesehen ist, sie hatte immer gehofft, dass sich das irgendwann legen wird, doch gerade sieht es nicht so aus.

Der Fahrer scheint auch froh zu sein, als sie vor dem Rojos-Gebiet aussteigt. Die Wachen erkennen sie sofort und helfen ihr mit der Reisetasche. Sie fragen, ob sie Santiago Bescheid geben sollen, doch Catalina erklärt, dass sie ihn überraschen möchte und fragt nach der Feier für Nola.

Offenbar hat diese bereits begonnen, da Nola mit einer Reise überrascht wird, die Flüge starten bald und deswegen hat die Feier schon früher begonnen. Das hat Catalina natürlich nicht geahnt. Die Wachen bringen ihre Tasche in ihr Haus und sie geht weiter zum Haus von Santiagos Eltern, wo die Feier stattfinden soll.

Nola hatte einige Kosmetikprodukte von Catalina ausprobiert, die ihr sehr gut gefallen haben, Catalina hat ihr jetzt ein großes Set davon zusammenstellen lassen. Sie hat das Paket in der Hand und klopft erst gar nicht, man hört lautes Lachen und Musik, es riecht nach Gegrilltem. Es würde sie eh keiner hören.

Das Haus ist leer, Catalina geht in den Garten.

Sie entdeckt Marco, Zayn, Nola sitzt auf dem Schoß ihres Vaters und umarmt ihn gerade glücklich. Es sind einige Männer da, die Cousins, einige Freunde von Nola, dann sieht sie Santiago, der neben seinem Vater sitzt.

Noch immer hüpft ihr Herz bei diesem Anblick schneller. Sie liebt ihren Mann, sie liebt wirklich jedes Detail an ihm. Seine dunkle Haut, die dunklen Haare, die glänzenden Augen, das schöne Lächeln, die Tätowierungen, sie ist verrückt nach ihm. Man sieht ihm an, dass er die letzten Wochen mehr trainiert haben muss, er wirkt breiter, vielleicht liegt das aber auch nur daran, dass sie ihn einfach eine Weile nicht gesehen hat.

Sie kann es gar nicht erwarten, ihn zu begrüßen, und will gerade hinaus in den Garten treten, da sieht sie Flavia, die von einem der Tische zu der Familie kommt.

Catalina stockt.

Was hat sie hier zu suchen? Flavia sollte das Rojos-Gebiet nicht mehr betreten. Sie weiß, dass Nola und sie wieder Kontakt hatten, nicht mehr sehr viel, aber ein wenig, doch jetzt tanzt sie durch den Garten und setzt sich zu Nola, ihrem Vater und Santiago.

Catalina kommt sich sofort fehl am Platz vor. Flavias Haare sind wild gelockt, sie trägt ein hautenges Kleid und ist nur noch schöner und sexyer als Catalina sie in Erinnerung hatte.

Ohne es zu wollen, ist sie stehengeblieben, um auf diese Szene zu blicken. Das kann doch nicht wahr sein.

»Sieh an, wer da ist.« Sie hört Marcos Stimme, er muss sie entdeckt haben, denn plötzlich fallen alle Blicke auf sie. Einen klaren Kopf behalten, mahnt Catalina sich selbst. Sie legt ein Lächeln auf die Lippen und tritt endlich hinaus in den Garten.

Nola kommt angelaufen und umarmt sie freudig. Sie schreibt ständig mit Santiagos Schwester, manchmal mehr als mit ihm. Sie haben sich sehr vermisst; die letzten Wochen, bevor Catalina nach Kolumbien gegangen ist, haben sie viel Zeit zusammen verbracht.

Sie muss lachen, als Nola sie stürmisch umarmt.

»Herzlichen Glückwunsch.« Nola küsst ihre Wange. »Was für eine Überraschung, ich wusste gar nicht, dass du kommst.« Catalina überreicht ihr das Geschenk. »Du dachtest doch nicht, dass ich diesen besonderen Tag verpasse?«

»Damit haben wir ehrlich gesagt gerechnet.« Nachdem Nola sie losgelassen hat, steht plötzlich Santiago vor ihr. Sie würde am liebsten in seine Arme flüchten, sie hat ihn unheimlich vermisst, doch allein die Anwesenheit von Flavia lässt sie einfach nur stehenbleiben, als er ihr einen Kuss auf den Mund gibt. »Na, da habe ich euch wohl alle überrascht.« Sie sieht zu Flavia und Santiago folgt ihrem Blick, doch im nächsten Moment ist Marco bei ihr und umarmt sie.

Die Begrüßung mit Santiago war kühl, sehr kühl, auch von seiner Seite aus und das werden alle mitbekommen haben, besonders nachdem Marco, Zayn und Santiagos Mutter sie herzlich begrüßen und umarmen.

Es wird ein großes Paket geliefert, was die Aufmerksamkeit erst einmal von Catalina nimmt, worüber sie froh ist. Sie begrüßt Santiagos Vater, der ihr deutet, sich neben ihn zu setzen. Wahrscheinlich ist es eine gute Idee, sich kurz zu setzen und zu fassen. Santiago bleibt trotz der Distanz bei ihr und setzt sich ebenfalls zu seinem Vater.

»Ich gratuliere dir. Ich habe gehört, du bist sehr erfolgreich da unten und hast bessere Deals vereinbart als dein Vater. Auch das mit den Bauern und dass du einige Leute aus der Schuld deiner Familia entlassen hast, ist sehr gut. Man spricht über dich, es freut mich, dass es so positiv läuft.«

Diese Worte von Santiagos Vater bedeuten viel, sehr viel.

»Danke. Es ist wirklich anstrengend, doch ich habe zum Glück die Hilfe einiger Männer, denen ich völlig vertraue. Ich habe die Familia neu strukturiert, sodass sie in allen Ländern von Männern geleitet wird, denen ich vertraue, doch das ist auch viel Arbeit.«

Er nickt. »Das glaube ich dir, doch du machst das wirklich gut.« Nola kreischt los, als aus dem Paket rosa- und goldfarbene Luftballons kommen und ein Strauß Rosen darin steht. Catalina lächelt und Nola kommt zu ihnen. »Catalina, hast du alles gepackt? In zwei Stunden geht unser Flieger.«

Stimmt, sie hat ja eine Reise bekommen.

»Nein, ich weiß von nichts, wo geht es denn hin?« Sie ignoriert Flavia, die sich auch mit an den Tisch setzt, doch ausgerechnet sie antwortet und hebt dabei ein Glas Sekt. »Santiago hat seiner Schwester einige Tage auf einer Insel der Malediven geschenkt. Die gesamte Insel gehört nur uns.«

Catalina sieht zu Santiago, der sich zurücklehnt und all das ruhig beobachtet. »Wirklich? Wer fliegt denn alles mit auf die einsame Insel?« Nola deutet um sich herum. »Wir alle, außer Mama und Papa, du musst auch mitkommen.«

Ihr Magen zieht sich zusammen. »Ich wurde gar nicht eingeladen, das wird sicher seinen Grund haben und ich muss auch zurück und mich um einiges kümmern, aber ich wünsche euch allen viel Spaß.«

Es ist schwer zu verbergen, wie sauer sie all das macht und es gelingt ihr garantiert auch nicht gut, doch Nola sieht sie traurig an. »Das ist wirklich schade, aber das nächste Mal fliegen wir zusammen. Hast du gesehen, auf dem Buffet ist dein Lieblingsgericht …?« Nur zu gern lässt sich Catalina von Nola entführen und zum Buffet bringen, von dem sie auch gar nicht wieder weggeht.

Sie weiß, dass sie die Stimmung auf dem Geburtstag gedrückt hat, doch sie kann kaum noch atmen vor Wut. Sie hätte niemals damit gerechnet, dass ausgerechnet sie so eifersüchtig werden kann. Sie hat immer gedacht, dass sie gar nicht eifersüchtig ist, doch gerade frisst sie das Gefühl von innen auf.

Bei Milo hatte sie nie einen Grund dazu, doch jetzt mit Santiago spürt sie erst, wie weh es tut, Angst zu haben, eine Person zu verlieren, die man so sehr liebt.

»Wer noch nicht gepackt hat, tut das jetzt. Wir müssen gleich los.« Marco unterbricht einige Zeit später alles, als Catalina noch neben Nola am Buffet steht und sich mit ihr und einer anderen Freundin unterhält.

»Komm.«

Plötzlich greift Santiago nach ihrer Hand. Was ist eigentlich sein Problem? Er hat gar kein Recht, sauer zu sein, doch um den Geburtstag nicht noch mehr zu ruinieren, folgt sie ihm aus dem Haus. Sobald sie die Tür hinter sich geschlossen haben, entreißt sie ihm ihre Hand.

176

»Lass mich los!«

Er wendet sich zu ihr um, er muss sehen, wie wütend sie ist, sie kann es nicht mehr verbergen, doch er sagt nichts, bis sie in ihrem Haus sind und er die Tür zuschlägt.

»Es ist gruselig, wie schnell hier alles wieder ist, als wäre ich nie dagewesen!«

Catalina spuckt Santiago die Worte förmlich vor die Füße, geht an ihm vorbei ins Wohnzimmer und sieht beruhigt, dass sich hier nichts verändert hat. Alle Bilder hängen noch und überall sind Sachen von ihr.

»Was redest du da? Und was soll dieser Auftritt? Du kommst her, als wäre nichts gewesen und siehst so aus, als wolltest du mir am liebsten an die Gurgel springen.«

Catalina wirbelt zu ihm um.

»Oh, entschuldige, dass ich meinen Mann vermisst habe und für zwei Tage herkommen wollte, um ihn zu überraschen. Ich konnte ja nicht ahnen, dass du auf dem Weg zu einer verlassenen Insel bist, um dich wieder mit Flavia ...«

Santiago hebt wütend die Hand.

»Lass den Scheiß, Catalina! Du weißt genau, dass sie mir egal ist. Es kommen Nolas Freundinnen mit, wer, ist mir völlig egal. Und du denkst wirklich, nachdem die ganze Welt diese Bilder gesehen hat, hast du noch das Recht, mir irgendwelche Anschuldigungen an den Kopf zu werfen?«

Er deutet in die Küche und da liegt ein ausgedrucktes Blatt mit dem Artikel aus der venezolanischen Zeitung. Verdammt, das hat Catalina völlig verdrängt. »Das ist doch ... Blödsinn. Flores und ich kennen uns schon ewig und wir haben es gefeiert, dass unsere Familien wieder zusammengefunden haben. Die Fotografen haben genau bei diesem Tanz ein Bild gemacht, du denkst doch nicht wirklich, dass das etwas war?«

Es war zu spüren, dass er sauer ist, doch jetzt sieht sie erst wie sehr. Er nimmt ihr das Blatt aus der Hand und knallt es laut auf den Tisch. »Weißt du, die ganze Zeit ist meine Frau nicht da, ich kann nicht mal zwei Minuten am Telefon mit ihr sprechen und ich höre die ganze Zeit, wie gut sie neue Deals macht und dann auch noch das Bild. Ich frage mich, wie du diese Deals machst.«

Sie war schon dabei, etwas zu sagen, da stockt sie und geht einen Schritt zurück. »Ist das dein Ernst? Denkst du wirklich so von mir? Dass ich es nicht anders schaffe, etwas zu erreichen? Dass ich dich so hintergehen würde?«

Er hebt noch einmal das Blatt hoch.

»Ich weiß nicht mehr, was ich glauben soll, Catalina. Ich habe gerade nicht einmal das Gefühl, noch verheiratet zu sein und dann kommst du plötzlich her und denkst, du kannst mir irgendwelche Vorwürfe machen? Was denkst du, wie so etwas für meine Männer aussieht?«

Ihr Kopf dröhnt, sie wollte hier zwei schöne Tage verbringen, so hat sie sich das nicht vorgestellt.

»Santiago, das ist doch gerade eine besondere Situation. Du weißt doch am besten, wie wichtig das jetzt ist. Ich schlafe kaum, ich habe drei Kilo abgenommen, weil ich manchmal nicht einmal richtig zum Essen komme und all das, um die Delgardos wieder so auf die Beine zu bekommen, dass ich beruhigt nach Hause kommen kann. Das ist das, worauf ich hinarbeite und …

Er unterbricht sie.

»Glaub mir, Catalina, ich versuche schon die ganze Zeit, Verständnis zu haben. Ich habe versucht, darüber hinwegzusehen, dass du einfach in einem Interview Drohungen ausgesprochen hast, ohne mit mir darüber zu sprechen, gegangen bist, dich in

178

Lebensgefahr begeben hast, ohne mich wenigstens zu informieren. Ich bin dir sofort gefolgt, habe meine Männer in Gefahr gebracht, weil ich ohne Plan einfach gehandelt habe. Ich hätte nicht damit leben können, dich zu verlieren und dass ich dich dann zurücklassen musste, egal wie schwer es mir gefallen ist und dass ich jetzt kaum noch mit dir sprechen kann, all das versuche ich zu übergehen. Ich versuche gelassen zu sein, wenn meine Männer mir diese Bilder von dir bringen, aber wenn du denkst, du hast das Recht, herzukommen und mir etwas vorzuwerfen, hast du dich schwer getäuscht.«

Catalina sieht ihm in die Augen.

»Ich wollte das alles ...«

Er hebt noch einmal die Hand.

»Komm mir nicht damit. Anfangs war es so, dass du keine Wahl hattest, doch das ist vorbei. All die Entscheidungen, die du nach dem Tod deines Vaters getroffen hast, hast du freiwillig getroffen, Catalina.«

Sie kneift die Augen vor Wut zusammen.

»Das glaubst du doch selber nicht. Du warst bereit, die Tochter deines Feindes zu heiraten, Santiago, um deiner Familia zu helfen. Wie oft hast du hier gesessen und hin und her überlegt, weil du nicht einfach so Entscheidungen treffen wolltest, weil es eben nicht nur um dich geht. Du bist für viele Männer verantwortlich und ich war die einzige Person, die die Macht hatte, Milo aufzuhalten ...«

Santiago setzt an, etwas zu sagen, doch sie lässt das nicht zu.

»... ohne dass dabei viel Blut geflossen ist. Ich will keine Anführerin sein, das wollte ich nie, doch diese Männer sind wie Brüder für mich. Sie waren und sind bereit, ihr Leben für die Delgardos zu geben und da soll ich es nicht mal schaffen, einige Monate zu opfern, um all das zu formen?

Ich weiß, dass wir eine sehr junge Ehe haben und dass ich sicher nicht immer richtig handle. Ich erwarte auch nicht, dass dir das alles leichtfällt, doch ich habe wenigstens erwartet, dass du es verstehst.«

Er zuckt die Schultern. Es ist ihm nicht egal, im Gegenteil, doch sie beide scheinen gerade nicht mehr zu wissen, wie es zwischen ihnen weitergehen soll und ob es überhaupt weitergehen soll.

»Ich verstehe es, Catalina, doch das heißt nicht, dass ich es gut finde. Wie du es gesagt hast: Dass man sich liebt, heißt nicht immer, dass man auch füreinander bestimmt ist.«

Ihr treten Tränen in die Augen, sie nimmt ihre Tasche wieder in die Hand.

»Alles was ich wollte, war, meiner Familia zu helfen. Ich hatte niemals vor, diese Ehe dafür aufzugeben, denn weißt du, du hast völlig recht. Alle Entscheidungen, die ich treffe, treffe ich. Ich muss nicht zu dir zurückkommen, ich muss nicht hier sein. Ich kann tun und lassen, was ich will, doch ich bin hier, weil ich es wollte. Weil ich dich liebe und um unsere Ehe kämpfen wollte, doch gerade weiß ich nicht einmal mehr, ob es da überhaupt noch etwas gibt, worum man kämpfen sollte.«

Sie geht und schlägt die Tür laut zu. Sie ist gekommen, um zu zeigen, dass ihr diese Ehe alles bedeutet, doch sie hat erst jetzt gemerkt, dass sie in den letzten Wochen in Scherben zerfallen ist, vor denen sie jetzt stehen.

Sie weiß nicht, ob sie das noch einmal retten können, sie weiß nicht einmal, ob er das überhaupt noch will. Sie hätte noch so viel zu sagen, doch sie hat einfach nicht damit gerechnet, dass ihre Ehe kaputtgegangen ist, ohne dass sie es verhindern konnte oder gemerkt hat.

Sie hat die Distanz und Wut in Santiagos Augen gesehen und weiß, dass er sie nicht zurückhalten wird.

# Kapitel 16

»Das ist keine leichte Situation, für niemanden von euch.«

Catalina blickt auf die vielen rosafarbenen Blüten der Kirschbäume, die auf ihrer Plantage stehen. Sie haben ein wunderschönes Anwesen in Ecuador gekauft. Groß genug, um den Teil der Familia unterzubringen, der ab jetzt hier leben wird.

Die Männer auf dem Hof sitzen im Schatten zusammen und spielen Karten, sie hat gesehen, dass sich einige der Männer Frauen aufs Zimmer mitgenommen haben, und leise kolumbianische Musik fegt durch den Hof.

Es duftet nach leckerem Essen, sie haben auch hier Haushaltsfrauen, die sich um all das kümmern, sodass die Männer sich um die Geschäfte kümmern können und das ist nicht so einfach wie gedacht.

Sie hatten angenommen, sie kommen nach Ecuador und schließen nach und nach einige Deals, doch sie wurden hier erwartet. Es haben sich unzählige kleine Familias gemeldet, Geschäftsleute, selbst die normalen Bauern wollten ihre Hilfe, um ihre Höfe besser zu schützen.

Catalina und ihre Männer haben sich in den letzten sieben Tagen nur darum gekümmert. Sie ist aufgestanden und hatte kurz danach ihre erste Besprechung und ist nach der letzten direkt wieder müde ins Bett gefallen.

Genau das hat sie auch gebraucht. So war es leicht, alles andere zumindest ein wenig zu verdrängen.

»Ich hatte niemals vor, meine Ehe für all das aufzugeben, bis zu dem Tag habe ich wirklich daran geglaubt, dass wir das schaffen können. Natürlich habe ich gemerkt, dass er nicht begeistert ist, wie das alles abläuft, ich selbst hätte es gerne anders gehabt, doch ich habe auch nicht damit gerechnet, ihn deswegen zu verlieren.«

Allein wenn Catalina diese Worte ausspricht, kommen ihr wieder die Tränen hoch.

»Das bedeutet nicht, dass ihr euch verloren habt, Catalina. Eure Ehe ist sehr jung. Du bist eine starke Frau, die sich um die Angelegenheiten ihrer Familia kümmern muss, und Santiago ist ein stolzer Mann, dem es schwerfällt, dich gehen zu lassen und nicht eingreifen zu können. Denkt doch daran, dass er eigentlich immer alles in seiner Hand hat. Er kümmert sich um alles und hat es fest im Griff und genau bei dir, bei der Frau, die er liebt, hat er zur Zeit keinen Einfluss, das wird für ihn nicht leicht sein.«

Catalina reibt sich die Augen, sie ist gerade erst aufgestanden, nachdem sie das erste Mal seit langer Zeit richtig ausgeschlafen hat. Heute ist der erste Tag, an dem sie alle etwas Ruhe haben und das schlägt ihr sofort auf den Magen.

Sie haben nicht einmal mehr miteinander geschrieben. Sie weiß nicht, wie es gerade um ihn steht, vielleicht ist diese Ehe für Santiago auch schon längst vorbei. Catalina ist so mutig gewesen während der letzten Wochen, sie ist über sich selbst hinausgewachsen, doch als sie heute ihr Handy in der Hand hatte und fest entschlossen war, ihn einfach anzurufen und mit ihm darüber zu sprechen, konnte sie es nicht.

Sie hat zu viel Angst.

Angst davor, zu hören, dass es vorbei ist. Dass seine Gefühle nicht mehr so stark wie ihre sind, dass er dieser Ehe keine Chance mehr gibt. Sie hat nicht einmal abgenommen, als Nola sie angerufen hat, einfach, weil sie nichts wissen wollte. Fast so, als wäre es die beste Lösung, einfach den Kopf in den Sand zu stecken, nichts zu hören und zu sehen und zu warten, bis sich all das von alleine klärt.

Nichts macht ihr so viel Angst, keine Treffen, keine gefährlichen Familias, keine Drohungen, nichts, was sie die letzten Wochen erlebt hat, wie das, Santiago zu verlieren.

»Und dann auch noch das mit Flores, es läuft momentan einfach alles gegen uns.«

Ihre Mutter lächelt und umarmt Catalina von hinten.

»Ich habe Santiagos Liebe zu dir in seinen Augen gesehen, ich glaube daran und du solltest das auch tun. Manchmal ist es schlau, einige Schritte zurückzugehen und tief Luft zu holen, bevor man sich langsam wieder annähert. Gib euch Zeit.«

Catalina küsst den Arm ihrer Mutter.

»Mama, denkst du, Natia lebt noch?«

Sie sprechen nicht viel darüber, doch sie hören auch nicht auf zu suchen.

»Ich weiß es, ich bin ihre Mutter. Ich spüre es.«

Franco klopft und ihre Mutter küsst noch einmal Catalinas Wangen.

Mittlerweile sind Francos Familia und die Delgardos fast zu einer geworden. Seine Männer arbeiten mit ihren zusammen und er ist fast immer an ihrer Seite. Catalina freut sich für ihre Mutter und sie hat ihren Patenonkel gern um sich herum.

Als sie wieder alleine ist, sieht sie auf die Uhr.

Sie muss duschen und sich zurechtmachen, doch zuerst holt sie ihr Handy heraus und sieht noch einmal auf die Bilder, die Nola ihr aus dem Urlaub geschickt hat. Sie zeigen sie und ihre Freundinnen in Pools und an wunderschönen Stränden.

Hin und wieder sieht man auch Santiago mit auf einem Bild, doch niemals in der Nähe von Flavia und immer nur mit den anderen Männern zusammen. Sie scheinen eine tolle Zeit gehabt zu haben und es tut Catalina weh, dass sie es zur Zeit nicht schafft, Santiago das Lächeln ins Gesicht zu zaubern, was er auf den Bildern trägt.

Sie gibt sich einen Ruck und ruft Nola an.

Ein kleiner Schritt in diese Richtung, und allein beim Gedanken daran, dass sie mit diesem Anruf wieder ein wenig mehr in Santiagos Nähe ist, lässt ihr Herz schneller schlagen.

»Da ist ja die beschäftigte Frau, ich habe gerade unseren Pferden erzählt, dass du sie nicht vergessen hast und bald zurückkommst.«

Catalina muss lächeln, man hört, dass Nola im Stall ist.

»Es tut mir leid, ich hatte viel zu tun und ich bin momentan einfach feige.«

Nola atmet tief ein.

»Ich habe schon gemerkt, dass hier nicht alles in Ordnung ist. Wir wollen uns nachher alle zusammen das Interview ansehen. Seit deinem Besuch hat Santiago nur noch schlechte Laune. Er ist nicht mehr er selbst, er grübelt ständig herum, es ist kaum auszuhalten.«

Catalina versucht sich zu beherrschen und nicht wieder zu weinen zu beginnen. Es ist ihm nicht egal.

»Ich weiß, wir haben zur Zeit keinen Kontakt und einen großen Streit. Es ist nicht einfach gerade.«

Catalina kann förmlich sehen, wie Nola streng ihre Hand in die Hüfte legt.

»Süße, mein Bruder mag ein stolzer und sturer Mann sein, doch er liebt dich über alles. Wenn mir die letzten Tage eins klar geworden ist, dann das. Ich kenne ihn in- und auswendig und ich habe ihn noch nie so gesehen wie jetzt.

186

Er leidet still und heimlich und vielleicht würde er das auch nicht zugeben, doch er tut es. Er hat gesagt, dass du sauer warst wegen Flavia, doch das brauchst du gar nicht. Er hat sie kaum beachtet, keine Frau, egal was sie probieren. Vielleicht ist es an der Zeit, dass ihr wieder aufeinander zugeht, redet über alles! Auch ich will langsam meine Reitpartnerin zurückhaben. Du wirst hier vermisst, Catalina.«

Nun kann sie nicht mehr an sich halten und wischt sich ihre Tränen weg.

»Ich weiß!«


Es dauert einige Zeit, bis Catalina sich nach diesem Morgen so fertig gemacht hat, dass sie bereit ist, sich in den Wohnbereich, der gerade erst eingerichtet wurde, zu begeben und nach mehreren Wochen erneut Zuzu die Hand zu reichen.

Heute gibt es das letzte Interview, Zuzu hat sie darum gebeten, nachdem sich nun alles wieder zum Guten gewendet hat. Die Menschen hatten ja immer ein zweites Interview erwartet, was nur zur Tarnung gedacht war, doch als die erneute Anfrage von Zuzu kam, hat Catalina zugestimmt.

»Es freut mich, wir sind schon spät dran. Die Sendung startet in wenigen Minuten. Bist du bereit?«

Catalina blickt noch einmal in den Spiegel. Sie trägt heute nur eine enge Jeans, ein weißes Poloshirt und rote Pumps dazu. Ihre Haare hat sie zu einem sportlichen Zopf gebunden und sich fein aber nicht zu viel geschminkt.

Ihre Mutter ist mit Franco auch gerade dazugekommen und begrüßt Zuzu, sie möchte aber nicht mehr am Interview teilnehmen.

»Es ist alles in Ordnung, wir können anfangen.« Da sie die letzten Tage so viel zu tun hat, weiß sie gar nicht genau, wie viel

Werbung im Vorfeld für dieses Interview gemacht wurde, doch durch Nola weiß sie ja, dass es selbst in Puerto Rico bekannt ist, dass sie heute erneut interviewt wird.

Da es live ist, müssen sie sich beeilen. Dieses Mal setzt sich Catalina gleich zu Zuzu und als die Leute aus Zuzus Team das Zeichen geben, dass sie live sind, atmet Catalina tief durch.

Zuzu lächelt gekonnt wie immer in die Kamera.

»Catalina Rojo - Delgardo. Du weißt nicht, wie sehr ich mich freue, dir jetzt nach allem, was passiert ist, wieder gegenüberzusitzen. Es hat sich einiges getan nach unserem letzten Interview und ich muss zugeben, dass ich schwer beeindruckt bin. Ich hatte schon viele Gäste, die angekündigt haben, etwas zu verändern, doch leider ist es den wenigsten gelungen.«

Sie lächelt und drückt Catalinas Hand.

»Doch du hast es geschafft, innerhalb weniger Wochen drehen sich die Uhren in Kolumbien nun wieder anders und dank deiner Hilfe war ich letzte Woche das erste Mal wieder in meiner Heimat. Ich weiß, dass ich nicht nur von mir aus einen großen Dank an dich richte. Viele Menschen sind dankbar.«

Catalina lächelt, auch wenn es ihr unangenehm ist, so viel Lob zu bekommen, wenn es gar nicht alles ihr Verdienst war.

»Ich denke, dass gar nicht ich alleine diese Veränderung herbeigeführt habe. Kolumbien und die Delgardos waren nie schlecht, sie wurden nur von einem falschen Mann geführt und dass ich es geschafft habe, dafür zu sorgen, dass sich das ändert, habe ich auch meinem Patenonkel und vor allem meinem Mann und seiner Familia zu verdanken, die mir dabei geholfen haben. Jetzt ordne ich nur alles neu und versuche, ein wenig mehr Gerechtigkeit in das System zu bringen. Die Menschen sollten keine Angst haben müssen, in ihre Heimat zurückzukehren, dafür steht Kolumbien nicht und wird es auch nie wieder.«

Zuzu lächelt. »Gerade befinden wir uns in Ecuador und auch hier scheinen die Delgardos gut Fuß gefasst zu haben. Es gibt sehr viel zu tun, drei Länder, so viele Männer und Geschäfte, wie schaffst du das alles und bist du zufrieden damit, wie es läuft?«

Catalina versucht das Grummeln im Bauch zu ignorieren, als sie daran denkt, wie sehr sie mit Santiago aneinandergeraten ist und wie stark sie das belastet, doch sie nickt. »Ja natürlich, es ist viel zu tun, doch ich habe ja meine Männer, die mir dabei helfen. Wir haben alles neu strukturiert und sie nehmen mir viel Arbeit ab. Ich vertraue ihnen, mit den meisten bin ich zusammen groß geworden, das erleichtert das Ganze natürlich. Wir alle sind sehr zufrieden damit, wie es läuft. Das Einzige was noch fehlt, ist, dass meine Schwester Natia wieder da ist, die wir noch immer suchen. Wir hoffen … dass sie bald nach Hause kommt.«

Das war auch ein wichtiger Grund für dieses Interview, es wird überall ausgestrahlt und vielleicht hat ihre Mutter recht und Natia ist irgendwo, sie soll wissen, dass sie sie suchen und dass sie nach Hause kommen kann.

»Ich verstehe, ich bewundere dich, wie du dich zwischen all den angsteinflößenden und mächtigen Männern behauptest und das mit einer Leichtigkeit, die sicherlich kaum jemand anderes hätte.«

Catalina hebt die Augenbrauen. »Ich bin aber auch in dieser Welt groß geworden, da kann man leichter damit umgehen.«

Zuzu nickt und räuspert sich.

»Du hast vorhin kurz deinen Ehemann Santiago Rojo angesprochen. Man sieht euch nicht mehr zusammen, was sicherlich auf eurer beiden Terminkalender zurückzuführen ist und der Verantwortung, die ihr beide tragt, doch viele haben auch die Bilder von dir und Flores Lopez gesehen. Sie denken, vom familiären Hintergrund und der Verbindung der Ländern her würde das viel besser passen und die Bilder sahen auch sehr innig aus. Nun ist die Ehe, die Santiago Rojo und du führen, ja eigentlich nichtig, wenn man es genau betrachtet und dabei berücksichtigt, wie sie entstanden ist.«

Catalina legt den Kopf schief. Sie wollte nicht über das Thema reden, doch vielleicht ist es gar nicht so schlecht. Sie muss einige Sachen klarstellen, selbst wenn das mit Santiago und ihr kaputt ist, sollen die Menschen wissen, wie sie wirklich fühlt.

»Da liegt aber ein großes Missverständnis vor. Zum einem sind Flores Lopez und seine Familie schon immer eng mit meiner Familie befreundet gewesen. Wir haben an dem Abend gefeiert, dass wir die Geschäfte wieder aufgenommen haben, und um ehrlich zu sein, haben wir in dem Moment, als die Aufnahmen gemacht wurden, genau darüber gesprochen, wie glücklich ich in meiner Ehe bin. Flores ist ein guter Freund und die Bilder zeigen nichts anderes.

Natürlich denken viele Menschen, dass die Ehe, die zwischen Santiago und mir besteht, auf den falschen Gründen aufgebaut wurde und ja, das wurde sie anfangs auch, doch wir haben uns kennen und lieben gelernt und haben uns noch einmal trauen lassen. Aus Liebe, weil wir es so wollten und das hat sich nicht geändert, nichts anderes will ich.«

Sie muss lächeln.

»Mein Herz hat sich für Santiago Rojo entschieden, unabhängig von Familias und allem anderen, selbst wenn wir in einer einfachen Hütte am Strand leben würden und ganz normal arbeiten würden, selbst wenn ich all den Wahnsinn noch einmal mitmachen müsste … am Ende würde ich mich immer wieder für ihn entscheiden.«

# Kapitel 17

»Willkommen zu Hause!«

Catalina schließt Anabel in ihre Arme.

Zusammen mit Armando holt sie sie vom Flughafen ab. Sie wird für einige Tage bei ihnen bleiben. Anabel hat sich furchtbar gefreut, als Catalina ihr angeboten hat zurückzukommen. Sarita und Ana haben all das weit hinter sich gelassen, doch Anabel vermisst ihr Zuhause.

»Ich kann nicht glauben, dass du zweimal bei Zuzu gewesen bist. Alle meine Freunde glauben mir nicht, dass du meine Halbschwester bist, wir müssen später unbedingt Fotos zusammen machen.« Anabel begrüßt auch Armando mit einer Umarmung und sie laufen zusammen zum Auto.

Sie hat sich sehr verändert, mittlerweile hat sie blondgefärbte Haare, ist dünner geworden, trägt engere Klamotten, man merkt ihr an, dass sie nun ein komplett anderes Leben führt und dabei ist, erwachsen zu werden.

Sie sind seit zwei Tagen aus Ecuador zurück, das Interview ist drei Tage her und so langsam kehrt wirklich Ruhe ein.

Sie hat das Wichtigste geregelt, nun übernehmen ihre Männer immer mehr Aufgaben. Catalina überwacht vieles nur noch. Deswegen ist sie auch froh, dass Anabel da ist und sie ablenkt.

Man kann nicht sagen, dass Catalina unbedingt erwartet hat, dass Santiago sich meldet, aber sie hat es zumindest gehofft, doch er hat nicht reagiert. Vielleicht ist es wirklich so, vielleicht bedeutet die Tatsache, dass sie sich lieben nicht gleichzeitig, dass sie füreinander bestimmt sind.

Anabel erzählt während der gesamten Fahrt vom Flughafen zu ihrer Finca von dem Interview und wie beeindruckend sie alles fand. Dann fragt sie Catalina aus, wie sie es genau geschafft hat, Milo loszuwerden und was sie vorgefunden haben.

Statt in die Finca gehen Catalina und sie direkt auf den Hügel zum Grab ihres Vaters und Elias. Sie haben auch ein Kreuz für ihren Onkel aufgestellt und für die Frau und die zwei Babys, die Milo alle hat töten lassen. Sie wussten nie genau, was mit ihrem Onkel passiert ist, bis sie letzte Woche Besuch von einem Mann bekommen haben, der dabei war, als er quasi hingerichtet wurde, ähnlich wie ihr Vater.

Für ihre Mutter war es am schwersten; die Angst, irgendwann auch wegen Natia solche Nachrichten zu bekommen, wächst immer mehr. Sie hat gezögert, als Franco sie gebeten hat, ihn auf zwei wichtige Reisen zu begleiten, doch Catalina hat ihr versichert, dass das in Ordnung ist und sie weiß, dass es ihre Mutter ablenken wird.

»Es ist schon merkwürdig, mit was für anderen Gefühlen man jetzt hier sitzt. Es sind nur wenige Monate vergangen und alles ist anders. Mir kommt es ewig her vor, als ich noch unbeschwert durch die Finca ging, von Elias und dir aus dem Baumhaus gejagt wurde, zu Papa ins Büro gelaufen bin, zum Stall und dann zusammen mit Armando und den anderen die Würstchen über dem Lagerfeuer gegrillt habe.«

Catalina muss lächeln und legt den Arm um Anabel.

»Ja, mir kommt es auch so vor, als wäre es ewig her, weil all das, was dazwischen passiert ist, uns hat älter und reicher an guten und schlechten Erfahrungen werden lassen hat und das in viel zu kurzer Zeit. Es wird Zeit, dass die Welt sich wieder langsamer dreht.«

Sie bleiben eine ganze Weile auf dem Hügel sitzen. Es ist friedlich hier, der Wind weht leicht und sie sehen so lange auf das Land hinab, bis es langsam zu dämmern beginnt und sie laute Musik von der Finca hören.

Verwundert gehen sie zurück und bleiben erstaunt stehen, als sie sehen, dass hier heimlich ein großes Fest vorbereitet wurde. Und das nicht, wie sie es sonst tun, noch viel pompöser, aufwendiger. Es spielt eine Band, es sind mehrere Grills aufgebaut, alle Tische sind mit schönen Blumen bedeckt, alles ist mit Luftballons, Lampions und Fackeln geschmückt und es duftet herrlich nach Essen.

Catalina sieht verwundert zu Armando, doch in dem Moment kommen Maria, die Frau des Präsidenten, und ihr Mann, der Präsident, auf sie zu.

»Catalina, ich war eine Weile im Krankenhaus, doch ich bin gestern entlassen worden und musste sofort herkommen, um mich zu bedanken. Wärst du nicht so mutig gewesen, wäre ich noch immer in diesem Haus gefangen und Kolumbien in diese Glocke des Terrors eingehüllt.«

Sie umarmt Catalina und auch ihr Mann bedankt sich bei ihr. Catalina bekommt ein Glas Champagner in die Hand genau wie Anabel, und Maria zeigt zu allen Leuten, die gekommen sind. »Wir alle wollen heute Catalina und die neue Zeit der Delgardos feiern.«

Und das tun sie.

Es gab viele Feste auf dieser Finca, auch wirklich schöne Feste, doch diese Feier ist ganz besonders, sie feiern, obwohl solch ein Grauen sie alle heimgesucht hat, sie alle viel verloren haben und viel verdrängen möchten, jedem Einzelnen anzumerken ist, dass sie einfach nur froh sind, es geschafft zu haben, die Delgardos zu retten und sie alle jetzt alle wieder frei durchatmen können.

Catalina geht erst am nächsten Morgen schlafen, sie saß lange mit Maria zusammen und sie tauschten danach auch ihre Nummern aus. Sie ist sich sicher, dass sie beide nun für immer etwas verbindet und sie diesen Kontakt aufrechterhalten werden.

Als sie am Mittag aus ihrem Schlafzimmer tritt, steht in ihrem Wohnraum auf dem Tisch ein riesiger Strauß Blumen. Wunderschöne Blumen, Catalina nimmt die Karte in die Hand und ihr Herz hüpft sofort erleichtert auf.

---

Ich habe nicht damit gerechnet, dass man einen Menschen so sehr vermissen kann.

Ich liebe dich, Engel.

Lass uns uns an unserem einfachen Haus am Meer treffen, sobald das Treffen der Großen vorbei ist, und über alles sprechen.

Ich werde unsere Ehe nicht einfach so aufgeben, wir sollten das nicht tun!

Santiago

---

Sie nimmt ihr Handy sofort in die Hand, um einen Flug zu buchen, sie muss mit Santiago sprechen. Er fehlt ihr auch so sehr und auch sie möchte ihre Ehe nicht aufgeben. Doch sie hält noch einmal ein und geht in Shorts und Top hinaus auf den Hof, wo sie Hombre entdeckt.

»Was ist das Treffen der Großen und wo und wann ist das?«

Er sieht sie verwundet an.

»Das findet in zwei Tagen in Kuba statt, wie jedes Jahr. Dort treffen sich die Anführer der größten Familias, um über gewisse Dinge zu sprechen, zu gucken, dass niemand den anderen in die Quere kommt und es werden dort auch Probleme besprochen und geklärt. Die Delgardos haben dort noch nie teilgenommen.«

Catalina verschränkt die Arme vor der Brust.

»Wieso nicht? Wir gehören doch zu einer der größten Familias, zumindest einflussreichsten.«

Hombre nickt. »Schon, aber die Rojos nehmen dort immer teil und ja, wir dadurch nie. Es hat deinen Vater auch nicht interessiert, da er sich an diese Regeln eh nie halten wollte.«

Catalina lächelt.

»Mag sein, doch ich finde, wenn wir jetzt möchten, dass die Delgardos noch mächtiger und wir ernst genommen werden, sollten wir ab jetzt auch immer dort teilnehmen. Sag niemandem Bescheid, ich werde dort einfach hingehen und alle überraschen. Wahrscheinlich haben sie nicht damit gerechnet, dass die Delgardos zurückkommen und das stärker und sicherer als je zuvor.«

Sie sieht ihm in die Augen.

»Bereite alles vor, wir fliegen nach Kuba.«

Hombre lächelt und steckt sich einen Zahnstocher in den Mund. »Nichts lieber als das. Die Delgardos lieben es, andere zu ärgern, und unser Auftauchen dort wird einige ärgern.«

Catalina lächelt auch.

»Ich denke, damit können wir alle leben.«

# Kapitel 18

Es juckt Catalina in den Fingern, Santiago zu schreiben oder ihn anzurufen, nachdem sie seine schönen Blumen und die Karte mit den lieben Worten erhalten hat.

Sie ist erleichtert, auch er hat ihre Ehe noch nicht aufgegeben und er vermisst sie. Sie beide sind nicht richtig mit der Situation umgegangen, doch das kann man auch niemandem vorwerfen. Welche Ehe startet schon unter solchen Voraussetzungen und wird dann vor solche Probleme gestellt? Dass sie trotz allem noch bereit sind, miteinander zu sprechen und sich vermissen, bedeutet viel und das möchte Catalina nicht kaputtmachen, indem sie ihn nun anruft und vielleicht doch wieder etwas Falsches sagt oder er etwas falsch versteht, deswegen reagiert sie gar nicht.

Sie fliegt in wenigen Stunden nach Kuba, wo das Treffen der mächtigsten Familias stattfindet, an dem auch Santiago teilnehmen wird. Dort wird sie mit ihm sprechen, direkt. Sie sollten sich dabei in die Augen sehen und sich auch Zeit nehmen. Catalina hat alles so gelegt, dass sie danach keine Termine hat. Sie möchte nicht unter Zeitdruck stehen, sie hat vor, all das zwischen ihnen wieder in Ordnung zu bringen, und wenn es Tage dauert, wird sie es angehen.

Sie packt alles zusammen, was sie braucht.

Sie hat sich extra ein neues Outfit gekauft, mit dem sie dort hingehen wird. Um ehrlich zu sein ist sie richtig aufgeregt, das erste Mal einzufordern, dass auch die Delgardos ein Recht haben, an diesem Treffen teilzunehmen, aber vor allem, Santiago wiederzusehen.

»Catalina, bist du fertig?«

Armando klopft an ihre Tür und tritt ein.

Sie schließt ihre Reisetasche, sie wird sich später im Flugzeug umziehen und fertig machen, erst einmal hat sie das Wichtigste, doch sie sind noch viel zu früh dran.

»Eigentlich schon, aber wir haben noch fast drei Stunden Zeit, was ist los?«

Armando ist einer der Männer, mit denen sie zusammen aufgewachsen ist. Sein Vater hat schon mit ihrem Vater zusammengearbeitet und ist gestorben, als Armando fünfzehn war. Catalina wird diesen Tag niemals vergessen.

Er ist immer einer der hübschesten Jungen auf der Finca gewesen. Ständig haben er und Malik Frauen mit auf ihre Zimmer genommen. Er war auch immer einer der wilderen Jungen. Dadurch, dass er vier Jahre älter als Catalina und sechs Jahre älter als Natia ist, war er auch ähnlich wie Elias immer wie ein großer Bruder für sie.

An dem Tag, als sie seinen Vater zu Grabe getragen haben, hat der wilde Junge versucht, sich zusammenzunehmen. Ihr Vater stand neben ihm und hat seine Hand auf seiner Schulter gehalten. Man hat gesehen, wie sehr Armando gegen die Tränen gekämpft hat, doch es hat nichts geholfen, am Ende hat er um seinen Vater geweint. Catalina wird nie vergessen, wie hart er gekämpft hat, seine Gefühle nicht zu zeigen, auch wenn niemand jemals etwas deswegen gesagt hat.

Armando hat den Platz seines Vaters eingenommen, seine Mutter lebt im Dorf an der Finca und er unterstützt sie bei allem, doch sonst hat er nur die Familia. Auch jetzt noch kann man Armando selten seine Emotion im Gesicht ablesen, doch als sie ihm jetzt in seine dunklen Augen schaut, während er sich das Cap aufsetzt, bemerkt sie, dass er etwas unsicher ist.

»Wir müssen etwas überprüfen. Ich habe einen Anruf bekommen und möchte dem nachgehen, will aber auch noch nicht zu viel sagen, falls es sich doch als falsch herausstellt. Es dauert nicht lange.«

Sie kennt Armando gut genug, um zu wissen, dass sie erst einmal nicht mehr aus ihm herausbekommen wird. Deswegen vertraut sie ihm einfach, als sie zusammen mit Hombre, Rakim und zwei weiteren Männern zum Flughafen fahren.

Zudem ist Catalina gut abgelenkt.

Hombre erzählt ihr von den verschiedenen Familias, die bei dem Treffen sein werden, und kaum eine von ihnen ist gut auf die Delgardos zu sprechen, was für ihren Vater wohl immer Grund genug war, sich gar nicht erst um dieses Treffen zu kümmern. Catalina hingegen wird dort hingehen und ihren Platz an diesem Tisch einfordern.

Als sie direkt wieder landen, nachdem sie gerade erst abgehoben haben, wird Catalina klar, dass sie Kolumbien nicht verlassen haben. Nun wird sie doch neugierig, besonders als sie sieht, dass sie in der Nähe der Wüste gelandet sind. Armando fährt mit ihr allein in einem Taxi zu einer kleinen Stadt für Touristen, die die Wüste besichtigen wollen.

Hier gibt es kleinere Pensionen, Restaurants und nicht mal eine Handvoll Häuser. Es ist sehr heiß hier und daran muss man sich erst einmal gewöhnen. Catalina muss tief einatmen, als sie aus dem Taxi steigt und diese Hitzewand sie fast erschlägt.

»Okay, ich vertraue dir, Armando, aber so langsam möchte ich wirklich wissen, was hier los ist.«

Er sieht auf sein Handy. »Wir warten noch zwei Minuten. Gleich wirst du es sehen, hoffe ich zumindest.« Catalina sucht unter dem Dach eines Lokals Schatten, man trifft niemanden hier auf der Straße an und sie sieht zwei Skorpione am Straßenrand. Es ist wie in einem Horrorfilm hier.

Als noch ein Taxi ankommt und Catalina sieht, dass Franco und ihre Mutter aussteigen, setzt sie erneut an, etwas zu sagen, doch in dem Moment kommt eine Frau aus einer der Pensionen und läuft zu ihnen.

Die Frau ist sehr dunkel, was der erbarmungslosen Sonne zu verdanken ist. Man sieht ihr an, dass sie hart und viel arbeitet, sie hat ein leichtes weißes Tuch um den Kopf gebunden und strahlt sie an. »Es ist mir eine Ehre, Sie hier begrüßen zu dürfen.« Sie sieht Catalina und ihre Mutter an, Catalina lächelt, auch wenn sie noch immer nicht weiß, was das alles hier zu bedeuten hat.

Armando neben ihr reicht der Frau die Hand. »Wir hatten telefoniert? Wo ist sie?« Da sehen sich Catalina und ihre Mutter an, sofort wissen beide, worum es geht.

»Wie gesagt, sie ist irgendwann hier angekommen, das arme Ding. Völlig durcheinander, hungrig. Sie spricht kein Wort, doch wir haben sie hierbehalten. Auch wenn sie anders aussieht, kam sie mir immer bekannt vor, und als ich jetzt das Interview gesehen habe, wurde mir klar, wer da seit Wochen bei uns arbeitet und lebt. Ich habe sie oft gefragt, woher sie kommt und ob sie niemanden hat und sie hat mir immer gesagt, dass es gefährlich ist und sie niemals jemandem sagen darf, dass sie hier ist. Das war alles, was sie in den Monaten gesprochen hat. Sie arbeitet und schläft, mehr macht sie nicht. Ich hoffe, dass sie jetzt keine Probleme bekommt ...«

Ihre Mutter tritt vor.

»Wo ist sie?«

Die Frau deutet zu dem Haus, aus dem sie gekommen ist.

»Sie hilft mir in der Pension, in der Küche, im Stall. Wir nennen sie Nora, sie trägt eine Kette mit einem N und wir haben ihr einfach einen Namen gegeben.«

Sie gehen durch einen kleinen Eingangsbereich zu einer Tür, die auf den Hof führt. Dort zeigt sie zu einem kleinen Extragebäude.

»Sie hat gerade frisches Stroh eingelegt.«

Ihre Mutter ist schon losgerannt. Catalina läuft langsam hinterher. Sie versteht, warum Armando nichts Genaues gesagt hat, er wird Angst gehabt haben, dass das eine falsche Spur ist, doch er war trotzdem so zuversichtlich, dass er ihrer Mutter auch Bescheid gegeben hat.

Sie hört ein lautes Schluchzen, als auch sie in den kleinen Stall tritt und auf eine junge dünne Frau mir kurzen Haaren blickt. Catalina bleibt einen Moment der Atem weg, als sie auf Natia blickt ... oder das, was von Natia noch übrig ist.

Vor ihr steht eine abgemagerte Frau, ihre Augen sehen verschämt weg, als sie sie bemerkt, ihre langen dunklen Haare sind weg, sie hat kaum mehr einen Bob, ihre Haltung ist geschwächt und eingefallen, nichts an dieser Frau erinnert an die Natia, die sie kennt, und doch weiß Catalina sofort, dass sie es ist.

In der nächsten Sekunde liegt Natia in den Armen ihrer Mutter.

Man sieht, wie sehr sie sich einen Moment dagegen sträubt, doch dann bricht sie in ihren Armen zusammen, und ihre Mutter und Natia beginnen laut zu weinen.

»Wir warten draußen.« Armando und Franco gehen vor die Tür und lassen Catalina, Natia und ihre Mutter allein.

Einen Moment kann sie sich gar nicht bewegen, sie sieht den beiden zu, wie sie alles herauslassen, was sich in den letzten Monaten angestaut hat und geht erst dann langsam zu ihnen.

»Was ist passiert, mein Schatz? Was ist bloß geschehen, dass du hier gelandet bist? Man wollte mir sagen, dass du tot bist, doch ich wusste, dass das nicht so ist.«

Das erste Mal entlässt ihre Mutter Natia aus ihren Armen, um sie genau anzusehen, dabei treffen sich auch das erste Mal Natias und Catalinas Blick.

Sie weiß nicht wieso, die ganze Zeit hat sie sich vorgestellt, dass sie Natia nicht mehr loslassen würde, wenn sie sie wiederfinden, doch jetzt, wo sie vor ihr steht, ist Catalina wie festgefroren und trotz aller Erleichterung kommt auch Wut in ihr auf. Sie möchte es gar nicht, doch sie kann es auch nicht stoppen.

Trotzdem nimmt sie Natia in den Arm und erschreckt, als sie spürt, wie dünn sie ist.

»Was ist bloß passiert, Natia? Und wieso hast du niemals unsere Hilfe angenommen?«

Sie kann es bis heute nicht verstehen, besonders jetzt, wo sie sieht, wie schlecht es ihr geht.

Ihre Mutter wirft ihr einen warnenden Blick zu, sie spürt, wie aufgebracht Catalina ist.

»Ich habe mich viel zu sehr geschämt, all das ist meine Schuld, ich habe es gar nicht anders verdient, als hier zu landen. Die ganze Zeit war ich so in Selbstmitleid vertieft, dass ich die Wahrheit um mich herum ausgeblendet habe. Irgendwann bin ich wachgeworden und habe begonnen, nachzuforschen und nachzufragen, doch je mehr ich das getan habe, umso genervter wurde Milo.

Eines Tages kam Boris und hat gesagt, wir fahren etwas besorgen. Ich habe schnell gemerkt, wie nervös er war und dann hat er mich in die Wüste gebracht. Er hat gesagt, dass er mich umbringen soll, dass er das aber nicht kann. Er hat mir die Haare abgeschnitten, damit mich niemand erkennt, mir Wasser gegeben und mir den Weg zur nächsten Stadt gezeigt. Von da sollte ich zur Grenze und flüchten. Er hat gesagt, ich soll niemals zurückkommen, sonst müsste er mich wirklich töten.«

Catalina schließt einen Moment die Augen.

»Ich habe zwei Tage gebraucht, bis ich hier gelandet bin, und weil ich solch eine Angst hatte, erwischt zu werden, bin ich hiergeblieben.«

Ihre Mutter nimmt sie wieder in den Arm.

»Wir haben dich gesucht, mein Schatz. Jetzt wird alles gut. Milo ist weg, wir haben unsere Finca zurück und du bist sicher. Am besten kommst du erst einmal mit zu Franco, dann kehren wir gemeinsam zurück nach Kolumbien, wenn du bereit bist und die Erinnerungen dich nicht erdrücken. Du hast alle Zeit der Welt, uns alles zu erklären, die Hauptsache ist, dass wir dich jetzt wiederhaben.«

Natia schüttelt den Kopf.

»Nein, ihr solltet mich hierlassen. Ich habe an alldem Schuld. Catalina und du, ihr habt ständig mit mir gesprochen, mir eure Hilfe angeboten, sogar meine Flucht geplant, doch ich war so … Wisst ihr, in dem Moment, als Papa mir von der Ehe erzählt hat, ist in mir eine Welt zusammengebrochen. Ich wusste, dass ich jetzt entweder so tue, als würde ich all das lieben oder zusammenbrechen und nie wieder aufstehen, und vielleicht habe ich mich in dem Moment so da reingesteigert, dass ich es eine Weile selbst geglaubt habe.

Ich wollte daran glauben, dass Milo mich liebt, habe probiert, alles zu rechtfertigen, mir einzureden, dass alles gut wird, dass er sich ändert, was hatte ich sonst für eine Wahl? Wie hätte ich nur einen Tag weiterleben sollen, wenn ich der Wahrheit ins

Auge gesehen hätte? Doch irgendwann konnte ich mich selbst nicht mehr belügen, er hat erzählt, ich wäre schwanger, um euch zurückzuholen, dabei hat er mich kaum angefasst, weil alles, was er wollte, Catalina war. Da habe ich begonnen umzudenken und mir quasi mein eigenes Grab geschaufelt, aus dem ich nur gekommen bin, weil Boris Mitleid hatte und weil ich mich seitdem verstecke. Ich sollte ...«

Catalina hat genug gehört, sie weiß, dass es noch lange dauern wird, bis sie mit Natia alles verarbeitet und geklärt haben, doch sie gehört zu ihnen, daran hatte sie niemals einen Zweifel.

Deswegen legt sie den Arm um ihre geschwächte Schwester und nimmt sie mit nach draußen.

»Mama hat recht, all das braucht Zeit, doch jetzt bist du wieder zu Hause, Natia, und es wird besser, vertrau darauf. Dein Leben geht weiter, auch nach allem, was passiert ist und vielleicht wird es sogar schöner, als du je erhofft hast, also du weißt doch, was Papa immer gesagt hat: Fallen ist weder gefährlich noch eine Schande. Liegenbleiben ist beides!«

Sie spürt, dass Natia zögert, so sehr, dass sie sich nicht sicher ist, ob sie sie wirklich begleitet. Als sie aus dem Stall treten, begleiten Armando und Franco sie zum Taxi. Beide sind sehr still, beide kennen Natia schon lange und sie so zu sehen, trifft sie.

Sie atmen erst aus, als sie zusammen im Taxi zum Flughafen sitzen. Natia hatte nichts dabei, die Sachen, die sie trägt oder im Schrank hatte, waren von Gästen, die immer mal wieder etwas in den Zimmern zurücklassen.

Natia ist sehr geschwächt, sie wiederholt immer wieder, wie sehr sie sich schämt und dass sie lieber hierbleiben sollte, doch natürlich würden das weder Catalina noch ihre Mutter zulassen.

Ihre Schwester ist so müde, dass sie bereits im Taxi einschläft. Vielleicht ist sie auch erleichtert und ihr Körper holt sich die Ruhe, die er braucht.

Für Catalina ist es gar keine Frage, sie fliegt zusammen mit Armando und ihrer Mutter zu Franco. Eigentlich wollte sie einen Tag vor dem Treffen in Kuba sein, um noch Zeit zu haben, mit Santiago zu sprechen, doch das schiebt sie erst einmal zur Seite.

Sie bringen Natia ins Haus von Franco, wo sich Catalina und ihre Mutter um sie kümmern.

Während sie ihr ein Bad einlassen, bemerken sie beide einige Narben auf Natias Körper. Auch wenn es ihnen schwerfällt, wissen sie natürlich, dass jetzt noch nicht die richtige Zeit ist, um sie deswegen auszufragen.

Sie bereiten ihr Lieblingsessen zu, und als Natia dann in einen tiefen Schlaf fällt, bleiben sie bei ihr. Es wird seine Zeit dauern, bis Natia wieder zu sich kommt, dass sie wieder so zusammenwachsen wie früher, dass sie lernen, mit der Vergangenheit zu leben, doch der erste Schritt ist getan. Natia ist wieder bei ihnen, und so lange sie auch getrennt waren, so sehr sie sich auch fremd geworden sind, fühlt es sich nicht komisch an, die Nacht neben Natia zu verbringen.

Am nächsten Tag gehen sie eine Weile spazieren, Natia ist in der Nacht immer wieder wach geworden. Während des Spazierganges will sind nicht viel über Milo und alles andere sprechen. Sie läuft schweigend neben ihnen her, bis sie wieder ins Bett geht und weiterschläft.

Sie braucht Zeit und sie müssen ihr diese Zeit geben. Auch wenn Catalina momentan nicht viel tun kann, hat sie ein schlechtes Gewissen, mittags ins Flugzeug nach Kuba zu steigen, doch ihre Mutter versichert ihr, dass das richtig so ist.

Natia ist erschöpft, sie braucht erst einmal viel Ruhe und Catalina selbst ist noch zu aufgebracht. Auch sie sollte all das erst einmal einige Tage verdauen und dann zu ihnen kommen. Momentan ist alles was Natia braucht, ein richtiges Bett, viel Schlaf, viel Essen und ihre Mutter.

Sie weiß, dass sie recht hat, aber trotzdem hat Catalina ein schlechtes Gefühl, als sie dann wieder den Flieger besteigt und mit Armando, Hombre und den anderen nach Kuba startet. Armando zögert auch und überlegt dazubleiben, doch auch ihm ist klar, dass Natia jetzt erst einmal nur Ruhe braucht und keiner von ihnen viel erreichen wird.

Deswegen geht Catalina auch ins Bad und wäscht sich das Gesicht mit kaltem Wasser ab. Sie muss jetzt wieder einen klaren Kopf bekommen, wenn sie diesen ganzen Familias, die sie gar nicht da  haben wollen und vor allem Santiago gleich gegenüberstehen wird.

# Kapitel 19

Sie landen später als geplant.

Catalina hat sich einen engen schwarzen Bleistiftrock und ein trägerloses schwarzes Top angezogen. Sie trägt goldene Armreifen und goldene Creolen. Sie weiß, dass sie sich sehr sexy angezogen hat, sie fühlt sich gut, als sie ihre Haare durchkämmt, sie offenlässt, noch einmal ihr Make-up überprüft, Parfüm auflegt und sich ihre rote Clutch unter den Arm klemmt.

Sie ist sonst immer sportlicher, legerer, wenn sie sich feiner kleidet, dann nicht so auffällig wie heute. Sie weiß, dass sie so einen eindrucksvollen Auftritt hinlegen wird und genau das möchte sie auch.

Es ist schwer, in dieser Welt der Familias als Frau ernstgenommen zu werden, sie hat das während der letzten Wochen immer wieder gemerkt. Sie hat immer wieder Einladungen bekommen mit versteckten Anspielungen. Sie erkennen es zwar an, dass sie sich um die Familia kümmert, doch sie denken auch gleich, dass sie sie umwerben müssten. Dass sie heute den Platz in dieser Runde einfordern wird, damit wird niemand rechnen.

Vom Flugzeug aus fahren sie direkt in das Hotel, in dem das Treffen stattfinden wird. Armando, Hombre, Rakim und die anderen Männer ziehen schon beim Betreten die Waffen und halten sie in ihren Händen, wenn auch nach unten gerichtet und so, dass man sie nicht gleich sieht, doch sie alle wissen, dass sie hier nicht willkommen sind.

Zu ihrer Verwunderung sehen sie hier gar keine Wachen und gehen direkt zum Fahrstuhl, der sie ganz nach oben zu den Konferenzräumen bringt.

Erst als sie dort aus dem Fahrstuhl steigen, wird ihnen klar, zu welchem Treffen sie unterwegs sind. Der gesamte Flur ist voller Männer, alle schwer bewaffnet und alle bewachen den Flur vor einem Raum, der mit zwei schweren Holztüren geschlossen ist.

Catalina kennt nicht alle Männer, doch sie sieht in Marcos Augen, der sie verwundert anblickt. Ohne weiter auf die Männer zu achten, die allerdings auch alle ihre Waffen ziehen, geht sie zur großen Holztür.

»Die Delgardos sind hier nicht willkommen.«

Zwei Männer stellen sich Catalina in den Weg, sie haben schneller Armandos Waffe am Kopf als sie blinzeln kann, auch Marco kommt von hinten und zieht seine Waffe.

»Das lass mal meine Sorge sein und hebe nie wieder deine Waffe gegen mich, oder du wirst sie das letzte Mal heben.« Sie geht ohne eine Regung zu zeigen weiter zur Tür, auch wenn ihr Herz rast, merkt man ihr das in keiner Sekunde an. Das war das Erste, was sie in den letzten Wochen gelernt hat.

Sie hört, wie Marco den Männern sagt, dass sie nie wieder die Waffe gegen Santiagos Frau heben sollen, doch sie versteht die Männer hier auch. Es ist kompliziert, sie ist als Ehefrau von Santiago hier und als Anführerin der Delgardos und das sind zwei eigentlich nicht miteinander vereinbare Sachen.

Sie hört, wie einer der Rojos fragt, ob sie nicht lieber erst einmal fragen sollen, ob Catalina eintreten kann, doch sie hebt die Hand. »Ich kümmere mich schon darum.« Ohne noch auf jemanden weiter zu achten, öffnet Armando die Tür und Catalina tritt ein.

Der Raum ist riesig und an einem runden Holztisch sitzen acht Männer und alle blicken in diesem Moment von mehreren Blättern auf, die vor ihnen liegen. Catalina sieht als Erstes in die dunklen Augen von Santiago, der sie überrascht anblickt. Er sitzt ihr schräg gegenüber und man sieht ihm an, dass er hiermit nicht gerechnet hat. Neben ihm sitzt Zayn und auch er wirkt überrascht, genau wie alle anderen Männer hier im Raum.

Catalina kennt sie alle, zwei der Männer waren gute Freunde ihres Vaters, alle anderen nicht, im Gegenteil, doch Catalina beeindruckt das nicht. Hombre hat ihr gesagt, dass auch wenn Santiago der mächtigste aller Männer hier ist, dieses Treffen Anaconda einberuft.

Der Anführer der mächtigsten Familia Mexikos leitet diese Treffen und ist generell bekannt dafür, zwischen den Familias zu vermitteln. Dabei behält er aber auch immer gut im Auge, dass seine Familia nie zu kurz bei irgendwelchen Deals oder neuen Vereinbarungen kommt.

Sie hört erst ein leises Raunen über ihr Erscheinen, dann Gemurmel, doch sie blendet all das aus.

»Die Delgardos … wir haben nicht mit eurem Besuch gerechnet.«

Man sieht den Männern hier an, dass es kaum einem passt, Catalina hier zu sehen. Auch Anaconda sieht sehr misstrauisch zwischen Armando, Hombre und Rakim hin und her, die keinen Schritt von ihrer Seite weichen.

»Und warum genau nicht? Hier treffen sich die mächtigsten Familias Lateinamerika und ich denke nicht, dass irgendjemand hier behaupten wird, dass die Delgardos nicht dazugehören. Ich war wirklich überrascht, keine Einladung bekommen zu haben und bin extra hergekommen, da es sich ja nur um einen Fehler handeln kann.«

Sie sieht sich die Männer der Reihe nach an und spürt dabei genau Santiagos Blick auf sich, doch sie meidet es, ihn noch einmal anzusehen, erst muss sie das hier klären.

»Wir haben mehr Land und Einfluss als so einige von euch, und nur weil euch die Delgardos nicht passen, werde ich nicht auf einen Platz am Tisch verzichten, so wie mein Vater es getan hat. Ich hoffe doch nicht, dass es irgendeinen Mann hier stört, wenn sich eine Frau an diesen Tisch setzt. Ich denke über solche Vorurteile sind wir schon hinaus, oder nicht?«

Anaconda kneift die Augen zusammen und sieht zu Santiago, der sich zurücklehnt. Catalina erkennt aus dem Augenwinkel, dass er ein weißes Shirt und eine hellblaue Jeans trägt und sich einen leichten Dreitagebart hat wachsen lassen.

In ihrem Nacken entsteht eine Gänsehaut, als sie spürt, wie sehr sie ihn vermisst, doch sie konzentriert sich wieder auf das Hier und Jetzt.

»Einer der Hauptgründe war immer, dass die Rojos und die Delgardos nicht in einem Raum zusammen sein wollten, wenn Santiago jetzt aber ...«

Ein leises Auflachen von Zayn und Catalina erkennt aus dem Augenwinkel Santiago schmunzeln.

»Natürlich haben wir damit kein Problem. Die Delgardos haben sich ihren Platz hier verdient.«

Catalina legt den Kopf schief, sieht Anaconda noch einmal in die Augen und wendet sich dann zu Santiago um. »Dann wäre das ja wohl geklärt!« Man sieht den Männern an, dass niemand richtig begeistert ist, sie sagen, dass die Wachen draußen bleiben müssen. Besonders Armando gefällt es nicht, Catalina allein zu lassen, doch sie gehen vor die Tür und Catalina geht zu Santiago.

Zayn rutscht einen Platz weiter, sie gibt ihm einen Kuss auf die Wange und setzt sich zu Santiago, wo sie einen Moment stockt, doch er gibt ihr einen zärtlichen Kuss auf den Mund und Catalina sieht ihm in die Augen. Sie liebt ihn und sie hofft, dass er das in dem Augenblick in ihren Augen erkennen kann.

Anaconda verschafft sich wieder Gehör und Santiago schiebt sein Blatt genau zwischen sie beide, sodass Catalina auch etwas sehen kann. Dann nimmt er ihre Hand in seine, verschränkt ihre Finger miteinander und behält sie auf seinem Oberschenkel. Sie schließt einen Moment die Augen.

Die Wärme seiner Hand, allein seine Anwesenheit und diese Nähe schließen eine Lücke in ihrem Herzen, die sie die ganze Zeit gespürt hat, auch wenn sie nichts dagegen tun konnte, konnte sie sie genauso wenig ignorieren.

Sie atmet den ihr so vertrauten Duft tief ein und rutscht noch ein wenig enger an ihn heran. Er blickt zu ihr, einen winzigen Moment sieht er ihr wieder in die Augen, er lächelt und umfasst ihre Hand noch stärker, und Catalina wünschte, sie wären jetzt woanders, alleine, überall, nur nicht hier, doch das muss sie wohl erst einmal hinter sich bringen.

Zayn, der auf der anderen Seite neben ihr sitzt, wendet sich grinsend an sie.

»Das erste Mal, dass etwas Spannung hier reinkam.« Catalina lächelt und streicht mit ihrem Daumen über Santiagos breiten Handrücken. Doch sie konzentriert sich dann wirklich darauf, was hier besprochen wird und das ist im Grunde … nichts.

Catalina hat sich sonst etwas vorgestellt, doch die ganze Zeit werden nur bestimmte Grenzen, bestimmte Transportwege und ein einigermaßen akzeptabler Einheitspreis bei einer neuen Waffenart festgelegt. Es werden zwei Probleme besprochen, dabei dauert es nicht lange und Catalina muss gegen die Müdigkeit ankämpfen.

Santiago und Zayn hören zu, doch auch sie sind immer wieder am Handy. Das Lustige hierbei ist: Alle reden durcheinander, diskutieren und am Ende werden immer Santiago und

Zayn gefragt, ob die Entscheidung in Ordnung ist und sie nicken oder lehnen ab. Am Ende haben die beiden das Sagen.

»Ich habe mir das wirklich viel spannender vorgestellt.«

Catalina lehnt sich enttäuscht zurück und Zayn lacht. »Ich versuche, mich jedes Jahr davor zu drücken.« Catalina hebt die Augenbrauen. »Ich glaube, ich werde mich ab jetzt auch wieder an das, was mein Vater gemacht hat, halten.«

»Denkt über das Gebiet an der Grenze von Peru nach, dafür muss noch eine Lösung gefunden werden. Wir treffen uns morgen wieder.« Alle stehen auf, auch Santiago lässt das erste Mal Catalinas Hand los und sie fühlt sich sofort kalt an.

Hatte sie gedacht, dass das Erscheinen bei diesem Treffen schon aufregend sein wird, so beginnt ihr Puls erst jetzt wirklich zu rasen. Nun wird sich zeigen, was mit Santiago und ihr ist und vor allem, wie es nun weitergehen wird.

Auch wenn sie sich vermisst haben und Santiago gerade ihre Hand gehalten hat, ist sehr viel passiert in den letzten Wochen, sie haben sich fast nur gestritten und auseinandergelebt, und auch wenn sie es wirklich hofft, weiß Catalina nicht, ob sie es schaffen, das zusammen zu überwinden.

Ein alter Freund ihres Vaters kommt auf sie zu.

»Catalina, es freut mich, dich wiederzusehen. Ich habe von den Dingen gehört, die du in den letzten Wochen erreicht hast und ich bin mir sicher, dass dein Vater sehr stolz auf dich ist. Du bist nun eine der mächtigsten Frauen Lateinamerikas und wenn ich das sagen darf, dazu auch die Schönste. Meine Familia würde sich freuen, in Zukunft Geschäfte mit euch machen zu können, wir melden uns.«

Er schüttelt erst ihr die Hand. »Dankeschön. Wir freuen uns auch darauf.« Danach umarmt er Santiago und auch Zayn. »Grüßt euren Vater, ich reise heute noch ab, noch einen Tag

214

mache ich das nicht mit. Kommt mal wieder vorbei und Santiago, bring deine Frau dann mit!«

Santiago nickt und Catalina sieht zu Boden. Außer Zayn und ihren Familias wird sicherlich niemand ahnen, wie es wirklich zwischen ihnen steht.

Dass zwei der anderen Anführer noch auf Santiago einreden, nutzt Catalina und geht vor die Tür, wo sie auf Armando und Marco trifft, die sich unterhalten. Sie wirken nicht vertraut oder als wären sie besonders gute Freunde, doch sie reden miteinander, vor einigen Monaten wäre das noch unmöglich gewesen. Ein ungewohntes Bild, doch ihr gefällt es.

»Wo sind die anderen? Für heute ist das Treffen vorbei, es ist unglaublich langweilig und ich weiß nicht, wie ich auf die dumme Idee gekommen bin, herzukommen.«

Armando zuckt die Schultern. »Egal, Hauptsache die Leute hier wissen, dass wir wieder da sind und ganz oben mitmischen.« Sie lächelt und nickt.

»Ich habe die anderen schon weggeschickt, willst du auf dein Zimmer, oder ...?«

Da spürt Catalina eine vertraute Hand an ihrem Rücken. »Wir gehen etwas essen.« Santiago reicht Armando die Hand und auch das ist nicht selbstverständlich.

»Ich weiß es sehr zu schätzen, dass ihr alle so gut auf Catalina aufpasst, wenn ich nicht da bin.« Armando grinst frech und zuckt die Schultern.

»Wir lieben sie alle, sie ist unsere Schwester und auch wenn wir gut auf sie aufpassen, braucht sie das gar nicht. Sie kann wirklich gut auf sich alleine aufpassen, sie ist mit alldem groß geworden. Ich denke, keiner sollte sie mehr unterschätzen.«

# Kapitel 20

»Auf was hast du Hunger?« Noch immer liegt Santiagos Hand an ihrem Rücken.

Sie wünschte so sehr, es würde sich nicht alles so verkrampft anfühlen, als sie sich jetzt zu Santiago umdreht.

»Das ist mir egal, entscheide du.« Das ist es wirklich, sie ist so aufgeregt, dass sie nicht einmal weiß, ob sie wirklich etwas essen kann.

Die Kluft zwischen ihnen ist spürbar, aber auch, dass sie beide wissen, dass dieses Gespräch sein muss, doch genau das macht alles noch nervenaufreibender. Santiago nickt nur, einen Moment sieht sie etwas wie Enttäuschung in seinen Augen, als sie zusammen zu den Aufzügen gehen.

Sie sind nicht alleine, einige andere Männer fahren mit ihnen und sie alle halten im Stockwerk des Restaurants dieses Hotels. Es sieht sehr edel aus, alles ist in schwarzer Farbe gehalten und viele Details vergoldet. Santiago bittet einen Kellner um einen Platz, wo sie allein und ungestört sind, und allein bei diesen Worten rumort es wieder in Catalinas Bauch.

Sie hofft so sehr, dass sie nicht wieder aneinandergeraten und dass sie wirklich miteinander sprechen können, ohne dass es wie die letzten Male in Streit ausartet.

Der Kellner bringt sie in einen kleinen Eckbereich am Fenster. Sie haben von hier aus einen wunderschönen Blick über Kuba und sie sind ungestört.

Der Kellner empfiehlt ihnen gleich das Gericht des Tages und fast so, als wollen sie ihn schnell loswerden, bestellen beide das und etwas zu trinken.

Sie setzen sich einander gegenüber und als der Kellner weg ist, greift Santiago nach Catalinas Hand.

»Ich hoffe wirklich, du denkst nicht, dass ich dich unterschätzen würde oder nicht wüsste, was du in den letzten Wochen geleistet hast, Catalina.«

Auch wenn sie dieses Gespräch so sehr herbeigesehnt hat, fällt es ihr schwer, ihn jetzt anzusehen. Schon bei diesen Worten treten ihr Tränen in die Augen.

»Das denke ich nicht. Ich habe das alles auch nicht getan, um von irgendjemandem Aufmerksamkeit zu bekommen, Santiago, darum geht es nicht. Wenn ich all das dagegen eintauschen könnte, dass mein Vater noch da wäre und ich bei dir sein könnte, würde ich es sofort tun, doch das geht nicht.«

Santiago streicht mit dem Daumen über ihre Hand. »Mir geht es auch nicht darum, dass du es gemacht hast, ich verstehe es ja, doch dass du es getan hast und mich so außen vor gelassen hast, das ist mein Problem. Du hast mich weder in deine Entscheidungen einbezogen, noch mich um Hilfe gebeten oder mir zumindest Bescheid gegeben über deine Pläne, mit mir deine Gedanken besprochen, du hast mich komplett außen vor gelassen. Was denkst du, wie es mir dabei geht? Jeder verdammte Idiot kommt zu mir und bittet um Hilfe und meine eigene Frau gibt mir nicht einmal Bescheid, wenn sie losgeht und versucht, einen Psychopathen wie Milo alleine zu Fall zu bringen.«

Catalina nimmt die Serviette in die Hand und faltet daran herum, um Santiago nicht ansehen zu müssen und um zu versuchen, ihre Tränen zurückzuhalten.

»Was sollte ich denn sonst tun, Santiago? Zusehen, wie Franco und du Kolumbien überrennt? Ich musste handeln, bevor ihr es tut und ich musste es ohne dein Wissen tun, weil du versucht hättest, mich davon abzuhalten. Sollte ich in Kauf nehmen, dass vielleicht einer deiner Männer wegen mir stirbt? Ich dachte wirklich, dass ich es verhindern könnte, dass ihr in Kolumbien einfallt … doch es kam alles anders, als ich es geplant hatte. Es ist wirklich viel, was passiert ist, es ist so viel passiert in den letzten Wochen … wenn ich versuche, darüber nachzudenken, schaltet mein Gehirn aus, fast so, als wollte mein Körper mich davor schützen, dass all das über mir zusammenfällt. Und am schlimmsten war es für mich, dass ich das Gefühl habe, bei alldem uns beide … verloren zu haben. Ich wollte das nie, Santiago. Weißt du noch, wie ich gesagt habe, dass ich mit dem Familia-Kram nichts mehr zu tun haben will? Denkst du, das habe ich nicht ernst gemeint?«

Sie blickt hoch und genau in seine Augen. Sie liegen ruhig auf ihr, er scheint die Situation hier besser handhaben zu können.

»Doch, ich weiß, dass du das nicht wolltest, doch ich wünschte mir trotzdem, du wärst anders damit umgegangen. Verstehst du, wie soll ich jetzt glauben, dass du wieder ganz normal an meiner Seite sein wirst? Vielleicht wache ich auf und du bist plötzlich weg auf irgendeiner Geheimaktion, von der ich nichts wissen darf.«

Er lässt ihre Hand los.

»So kann ich nicht leben, Catalina, ich bin nicht der Mann, der geht und seine Frau in so einem Chaos zurücklässt. Ich weiß, dass du dir darüber keine Gedanken machst, weil du andere Sorgen hast, doch hast du auch nur die kleinste Vorstellung, wie schlimm das für mich war? Dich so zu sehen, mit diesen ganzen Männern, mit diesen Verletzungen? Zu wissen, dass du in Gefangenschaft warst und dich dann zurückzulassen bei Männern, denen ich nicht traue? Ich wollte dreimal umkehren und dich mitnehmen, ich habe den Inhalt des Flugzeuges auseinandergenommen, weil ich solch einen inneren Kampf geführt habe. Ich habe das nur getan, weil tief in mir der

Anführer steckt und ich wusste, dass ich dich das machen lassen muss. Ich musste den Ehemann ausschalten die letzten Wochen, genau wie du die Ehefrau hast ausschalten müssen, doch die Frage ist, ob wir die Eheleute überhaupt einfach so noch wieder hervorholen können.«

Catalina hat das Gefühl, keine Luft mehr zu bekommen.

»Und was mich noch wütender gemacht hat … dann kann ich kaum mit dir sprechen. Jedes Mal wenn wir reden wollten, warst du die nächsten Tage beschäftigt. Du bist ständig von Männern umgeben, Catalina, die für dich sterben würden und dann tauchst du auf, plötzlich, genau wie du gegangen bist, und rastest aus, weil du Flavia in meiner Nähe siehst.«

Der Kellner bringt ihnen ihr Essen und geht schell wieder, als er merkt, wie aufgebracht sie beide sind. Catalina spürt, dass Santiago sich zurückhalten will, doch natürlich nimmt das ihn auch mit. Sie hört ja jetzt, wie es ihm dabei geht. Natürlich hat sie gewusst, dass auch ihn das nicht kalt lässt, dass es ihn so sehr trifft, hat sie nicht geahnt.

Catalina streicht sich über die Stirn. Sie will etwas sagen, doch Santiago scheint noch nicht fertig zu sein, keiner von ihnen rührt das Essen an.

»Ich wollte nie heiraten, Catalina, und ich hatte sicher auch keine konkreten Vorstellungen von einer Ehe, aber so habe ich mir das garantiert niemals vorgestellt.«

Das sind harte aber ehrliche Worte, doch für Catalina ist das gerade einfach zu ehrlich. Die Maske, die sie seit einer Weile trägt, um die Familia weiterzubringen und keine Schwäche zu zeigen, bröckelt, und das spürt sie.

Dankbar sieht sie auf, als in diesem Moment Anaconda zu ihnen kommt. Er scheint sie gesucht zu haben. »Es tut mir leid, Santiago, ich will dich nicht stören, aber ich brauche hier die

Unterschrift, sonst kann ich die Peruaner nicht nach Hause schicken.«

Catalina legt die Serviette auf den Tisch.

»Macht nichts, ich brauche gerade eh ein wenig frische Luft.« Sie steht auf und geht schnell aus dem Restaurant. Sie darf hier auf keinen Fall ihre Maske verlieren, nicht vor all diesen Männern, nicht als Anführerin der Delgardos.

Sie geht schnell zu den Aufzügen und überlegt erst, zu ihren Zimmern zu fahren, doch so soll sie niemand sehen, auch nicht ihre eigenen Männer. Deswegen drückt sie die Taste für das Erdgeschoss, dort hat sie vorhin einen großen Garten gesehen und steuert direkt darauf zu. Ihr kommen zwei Männer aus einer anderen Familia entgegen und nicken ihr zu. Catalina kann sich kaum mehr zurückhalten, doch sie nickt und geht schnell weiter.

Sie läuft blind vor Tränen, die sich in ihren Augen sammeln, an Bänken und Bäumen vorbei, bis sie in einen separaten Bereich und zu einem Pavillon kommt.

Vielleicht finden hier Hochzeiten statt, gerade ist niemand hier und dafür ist sie dankbar, als die ersten Tränen ihre Wangen entlangfließen und sie die Maske nicht mehr aufrechterhalten kann.

Sie wusste, dass der Preis für das, was sie zu erreichen versucht hat, hoch ist, doch nicht, dass er so hoch war.

Catalina setzt sich auf eine Bank, die im Pavillon steht, streift die Schuhe von den Füßen, zieht ihre Knie an und lässt das erste Mal seit langer Zeit ihre Tränen einfach fließen.

Es ist das, was Catalina in Santiagos Augen erkannt hat, was sie am allermeisten trifft. Er ist wirklich verletzt. Er, der mächtigste Mann, der, der jede Frau haben kann, der, der sie so kalt angesehen hat in der Kirche, der ihr Herz für sich gewonnen hat, den sie mittlerweile über alles liebt, sie hat ihn verletzt und das wollte sie nicht und es bricht ihr Herz, dass sie dazu in der Lage war und es nicht einmal richtig gemerkt hat.

»Wenn du jedes Mal wegläufst, wenn es ernst wird, werden wir dieses Gespräch niemals beenden.«

Santiago steht plötzlich vor ihr, sie sieht hoch zu ihm und direkt in seine dunklen Augen, die sie etwas unsicher ansehen.

»Ich wollte dir nicht wehtun, Santiago, oder unsere Ehe gefährden.«

Seine Hand greift nach ihrer und er zieht sie liebevoll hoch, sobald sie steht, liegt sie in seinen Armen und schließt die Augen. »Komm schon, Engel, hör auf zu weinen, wir schaffen das.« Santiagos Hand streicht über ihren Rücken, als Catalina noch stärker zu weinen beginnt.

In diesem Augenblick, als sie seine Wärme spürt, seinen Geruch und seine Nähe, die sie so sehr vermisst hat, seine Arme sie halten, bricht alles aus ihr heraus, was sich angestaut hat.

»Es ist einfach zu viel, Santiago. Ich muss ständig einen klaren Kopf behalten … Natia ist wieder da, ich habe so viel Schreckliches gesehen und erfahren. Plötzlich wollen alle mit mir sprechen. Immer habe ich meinen Vater verflucht und gewünscht, er wäre nicht da oder wir könnten Kolumbien verlassen und jetzt … vermisse ich ihn. Ich habe mir in den letzten Tagen so oft gewünscht, ihn anrufen und um Rat fragen zu können. Ich muss Entscheidungen treffen, die so viele Menschen betreffen, und die ganze Zeit kann ich kaum atmen, weil ich weiß, dass mich jeder Tag mehr von dem Mann entfernt, den ich über alles liebe.«

Santiagos Lippen berühren ihre Haare.

»Genau das hier hat mir gefehlt, Catalina. Ich war so wütend, als ich in Kolumbien war, und in dem Moment, als ich dich ins Haus genommen habe und du die Waffe hast fallen lassen und deine wahren Gefühle gezeigt hast, habe ich alles andere vergessen. Denn da war meine Frau, die vor allen anderen stark sein muss, aber mir ehrlich zeigt, wie es ihr geht. Diese Ehrlichkeit wie jetzt brauche ich, damit ich mich nicht ausgeschlossen fühle und nur das sehe, was andere sehen. Damit ich weiß, dass diese sexy Frau, die in den Raum kommt und alle Männer dort vorführt, die gleiche ist, die sich nachts an mich kuschelt und auf meiner Brust einschläft.«

Er atmet tief ein.

»Ich weiß, dass das viel ist, Catalina, doch du machst das wirklich sehr gut. Auch wenn ich nicht viel von deinem Vater gehalten habe, wusste er schon, wieso er gerade dich von all seinen Töchtern ausgewählt hat. Ich liebe dich über alles, Engel, und ich werde dich oder unsere Ehe nicht aufgeben.«

Catalina sieht hoch und legt ihre Hand an seine Wange, bevor sie das erste Mal seit langer Zeit ihre Lippen wieder miteinander vereint.

Sie liebkost seine Lippen und Santiago schließt seinen Augen, einen Moment zieht er die Stirn schmerzvoll zusammen, man sieht, wie sehr auch ihm ihre Nähe gefehlt hat und das, was er Catalina gesagt hat, dass sie ihm die richtige, verletzliche Catalina zeigen soll, tut auch er in diesem Moment, als er sie enger umfasst und den Kuss sehnsuchtsvoll ausweitet. Hier steht nicht Santiago, der mächtigste Mann Lateinamerikas, hier steht ihr Ehemann, der genauso Angst um diese Ehe hatte wie sie.

Catalina kann ihre Tränen noch immer nicht stoppen, auch nicht, als Santiago den Kuss liebevoll löst. »Du fehlst mir so sehr«, flüstert sie an seine Lippen und er nickt.

»Du mir auch. Vielleicht hat mich das auch noch wütender werden lassen, dass ich in unserem Haus saß und gemerkt habe, wie all diese dummen Kleinigkeiten, denen ich vorher keine Beachtung geschenkt habe, mir plötzlich fehlen. Wie es sich anfühlt, wenn man nach Hause kommt und keiner mehr da ist, wenn das Bett plötzlich viel zu groß ist, man nachts aufwacht und nicht mehr einschlafen kann und dein Geruch unser Haus immer mehr verlässt.«

Sie lächelt und küsst das R auf seinem Hals. »Ich freue mich so sehr darauf, wieder in unserem Bett zu schlafen, du bekommst mich da mindestens drei Tage nicht raus.«

Sie sieht ihm in die Augen.

»Ich weiß, dass es schwer ist, doch du brauchst dir keine Sorgen zu machen, dass ich bei dem, was ich für die Delgardos tue, uns vergesse, Santiago. Das ist mein Halt, du bist es und ich arbeite nicht darauf hin, in Kolumbien zu bleiben, sondern meinen Männern die Führung zu überlassen und zurück nach Hause zu kommen und mich auf sie verlassen zu können.«

Er streicht ihre Tränen weg und küsst noch einmal ihre Lippen. »Und du musst verstehen, dass ich einfach manchmal so komisch reagiere, weil ich dich wahnsinnig vermisse und weil ich es gewohnt bin, die Kontrolle zu haben und nun die Frau, die ich über alles liebe und die für mich zu einer der wichtigsten Sachen in meinem Leben geworden ist, machen lassen muss und die Situation nicht unter Kontrolle zu haben. Doch Engel, wegen anderer Frauen oder sonst etwas brauchst du dir gar keine Sorgen zu machen. Du beherrschst meine Gedanken seit dem Tag unserer Hochzeit und das wird sich auch hoffentlich niemals wieder ändern.«

Catalina fallen Steine vom Herzen. Felsbrocken. Sie verschließt erneut ihre Lippen, doch dann kommen plötzlich Mitarbeiter des Hotels und wollen den Pavillon für eine anstehende Hochzeit schmücken. Sie entschuldigen sich mehrmals, als sie erkennen, wen sie da gestört haben, doch Santiago und Catalina versichern, dass alles gut ist und gehen langsam zurück zum Hotel.

»Lass uns endlich etwas essen und dann ...« Catalina unterbricht Santiago, sobald sie alleine im Fahrstuhl sind mit einem langen Kuss. Sie hat ihn viel zu sehr vermisst, sie kann nicht aufhören, seine Nähe zu genießen. Beide haben lange Zeit aufeinander verzichtet und Santiagos Hände umfassen ihren Po, er greift zu und drückt sie enger an sich.

»Vergiss das Essen«, ist alles, was Santiago sagt, als er einen Knopf drückt und sie in einem anderen Stockwerk aussteigen, auf dem drei Männer der Rojos Wache halten. Catalina muss sich ein Lachen verkneifen, als Santiago schnell mit ihr zu seiner Suite geht, und als sie die Tür hinter sich schließen, sie sofort an die Wand drückt und ihre Lippen wieder vereint.

Es dauert keine Minute und sie beide haben nichts mehr an. Santiago bringt sie zu seinem riesigen Himmelbett. Catalina streicht über seine Haut, küsst den Strich der Liebe an seinem Herzen, der allein ihr gehört und flüstert ihm ihre Liebe zu, als sie sich endlich wieder näherkommen.

Auch wenn sie sich lange nicht hatten, fühlt es sich doch sehr vertraut an, sich wieder so zu spüren, Catalina hat endlich das Gefühl, wieder vollständig zu sein. Und nun mit dem Wissen, die Delgardos gerettet, Natia wieder bei sich und Santiago nicht verloren zu haben, macht sich das erste Mal auch wieder das Gefühl von Glück und Zufriedenheit in ihr breit.

»Wir dürfen uns niemals verlieren.«

Catalina flüstert die Worte an Santiagos Lippen, bevor er sie beide wieder miteinander vereint.

»Niemals, Engel!«

# Kapitel 21

Catalina schließt das Buch und atmet tief aus.

Sie muss an diesen Moment im Hotel denken, als sie jetzt knapp ein Jahr später liest, wie es ihr damals ging.

Natürlich ist in dem Buch nicht jedes Detail beschrieben, doch in ihren Erinnerungen hat sie all das noch einmal erlebt.

Sie war damals im absoluten Gefühlschaos und hat diesen Halt von Santiago so sehr gebraucht und seit diesem Tag auch niemals wieder vermisst.

Am Anfang hat sie immer mit Natia unter dem Baum auf den Hügeln an der Finca gelegen und ihre Bücher gelesen und nun liegt hier ihr eigenes Buch, mit ihrer eigenen Geschichte und mit ihrem Weg der Liebe. Sie hat viele gute Geschichten gelesen, doch sie liebt ihre am allermeisten.

Vielleicht war es das, was sie hat zustimmen lassen, als vor einigen Monaten eine Autorin auf sie zugekommen ist und gefragt hat, ob sie die Geschichte von Catalina, der Tochter von Alvaro Delgardo und der Ehefrau von Santiago Rojo aufschreiben darf.

Sie hat sie gebeten, diese ungewöhnliche Geschichte über dieses schwere Schicksal, was sie alles erleiden musste, über diese tiefe Liebe, die aus Hass entstanden ist und über diesen Mut, sich dem zu stellen, was Catalina so verflucht hat und dafür zu kämpfen, womit sie aufgewachsen ist, aufschreiben zu dürfen.

Wie sie damit lebt, mit Männern zu verhandeln, die Frauen eigentlich nur für andere Sachen benutzen und ihnen der schwierigste Geschäftspartner zu sein, weil sie sich von niemandem für dumm verkaufen lässt.

Dass, wenn junge Mädchen dieses Buch lesen und vielleicht auch schwere Schicksale haben, sie nicht den Mut verlieren und trotzdem wieder aufstehen und kämpfen, um aus der Asche, die sich um sie herum ausbreitet, einen neuen Weg entstehen zu lassen und weiter ihren Weg zu gehen.

Santiago war am Anfang nicht so begeistert von der Idee, doch auch er hat gelernt, Catalina machen zu lassen und darauf zu vertrauen, dass sie nur das tut, von dem sie weiß, dass es am Ende gut wird.

Er hat das Buch auch gelesen. An einigen Stellen musste er schmunzeln und an einigen hat er ihr einfach gesagt, dass er sie liebt. Sie streicht über das Buch und geht zurück ins Haus.

Es ist ruhig und friedlich, was in letzter Zeit selten vorkommt, doch noch niemals hat sie eine Zeit so sehr genossen wie diese. Sie sieht zu ihrem Hochzeitsbild und geht leise die Treppe hinauf.

Ihre Mutter und Franco waren bis gestern hier und Santiago und sie haben die Ruhe heute Morgen gleich genutzt. Noch immer können sie nicht genug voneinander bekommen, und wenn jemand denkt, dass die Liebe mit der Zeit nachlässt, kann Catalina das nicht bestätigen.

Sie wächst, wird stärker, fühlt sich vertrauter an und Catalina hat genau jetzt das erste Mal so wirklich das Gefühl, im Leben angekommen zu sein.

Sie ist zufrieden und dankbar, als sie ins Schlafzimmer tritt und Santiago nur in Boxershorts auf dem Bett liegt.

Adam, ihr zwei Monate alter Sohn liegt auf seiner Brust und schläft selig eingekuschelt in den Armen seines Vaters.

Es ist zu süß zu sehen, wie zart Santiagos große Hände zu seinem Sohn sind, wie behutsam er mit ihm umgeht und wie strahlend er jede Veränderung an seinem ganzen Stolz bemerkt.

Sie beide vergöttern Adam, alle hier tun das. Sie haben kaum Ruhe, ständig kommt jemand und will ihn auf den Arm nehmen oder hat etwas für ihn dabei.

Santiagos Mutter holt ihn sicher bald wieder für ihren täglichen Spaziergang durch das Rojos-Gebiet ab. Sie macht das täglich mit ihm und ist davon überzeugt, dass es wichtig für ihn ist.

Ihre Mutter und Franco waren immer wieder einige Tage hier, davor war Catalina das erste Mal mit ihm in Kolumbien und auch dort ist er von den Delgardos beschmust worden.

Es hat sich alles geregelt.

Das was Catalina gedacht hat, was sie niemals alles unter einen Hut bekommen würde, funktioniert sehr gut, weil alle es wollen.

Sie hat die inneren Kreise, die sich in Kolumbien, Venezuela und Ecuador um alles kümmern. Den Delgardos geht es sehr gut, sie sind erfolgreicher als je zuvor und sie genießen überall ein sehr hohes Ansehen, was Catalina fast noch wichtiger ist.

Natia war eine Weile bei ihrer Mutter und Franco, dann war sie bei Catalina und Santiago, doch letztlich ist sie nach Kolumbien zurückgekehrt, was sicherlich auch an Armando liegt, der sich von ganzem Herzen um Natia bemüht, was nicht leicht ist, nach allem, was sie durchgemacht hat.

Sie hat kein Vertrauen mehr in Männer und es wird für Armando eine seiner schwersten Aufgaben, dieses Vertrauen von Natia zu gewinnen, doch Catalina hat gelernt, dass nichts unmöglich ist.

Für sie ist es seitdem noch besser, weil einer von ihnen unten ist.

Natia fällt nun viele Entscheidungen, aber immer in Absprache mit Catalina und ihrer Mutter und alle sind zufrieden.

Catalina fliegt immer für einige Tage im Monat nach Kolumbien und bei den letzten Malen, als sie hochschwanger war und jetzt mit Adam, hat sie Santiago sogar begleitet.

Es ist auch nicht mehr komisch, weil die Rojos und die Delgardos keine Feinde mehr sind, sie arbeiten hin und wieder sogar zusammen und nun gibt es Adam, der sie beide verkörpert und der eine ganz neue Ära einläuten wird.

Adam gurrt ein wenig im Schlaf und sofort umfasst Santiagos Hand seinen kleinen Sohn noch mehr. Catalina muss lächeln und lehnt sich entspannt neben ihren beiden Männern zurück.

Sie hat nicht geahnt, wie glücklich man sein kann und sie kann nicht aufhören, dankbar dafür zu sein. Sie beugt sich zu Santiago und gibt ihm einen Kuss auf den Mund und dann einen Kuss auf den zarten Kopf ihres Sohnes.

Leise legt sie das Buch auf dem Nachttisch ab.

Die Autorin hat vorgeschlagen, auch über Natia, ihren Weg, ihre Erfahrungen mit Milo und ihr jetziges Leben zu schreiben, doch Natia ist sich noch nicht sicher, auch Catalina weiß nicht, ob ihre Schwester schon so weit ist.

Für sie war es auch wie eine kleine Therapie, all das noch einmal zu durchleben und zu verarbeiten.

Natia wird Schritt für Schritt die Alte, das Vertrauen zwischen ihnen ist langsam wieder da, doch trotzdem braucht alles seine Zeit und Geduld.

Catalina ist froh, dieses Buch hat schreiben zu lassen, sodass jede Frau, die dieses Buch schließt, es mit einem Lächeln schließt und weiß, dass egal wie schwer die Situation ist, es sich immer lohnt zu kämpfen und dass aus den schwersten Situatio-

nen manchmal die tiefste Liebe und Bindung entstehen kann.
Man darf nur niemals aufgeben!

Entdecken Sie die atemberaubende Welt von Jaliah J. ...

**JALIAH J.**

**BITTER**
*Süßer*
**HERZSCHLAG**

Zwei Leben, die unterschiedlicher nicht sein könnten
und doch miteinander verknüpft sind.
Folgt Hailey und Selena auf ihrem aufregenden Weg
in einen neuen Lebensabschnitt und lauscht dem
bittersüßen Herzschlag des Lebens.

# Die Reihe 'Eine Kleinigkeit wie ...'

Jaliah J.

Eine
Kleinigkeit
wie
Liebe

Die Llora por el amor Reihe